glance

Written by jht

痞子蔡 作品

09

蔡智恆

著

目　次

glanc

回眸

我是個心地善良，清新脫俗的資優校女生。
卻只是個沒公德心，低級又無聊的高中男生！

十年修得同船渡。
哪要修到共用一個垃圾桶，大概也得要十個月。
所以擦去你眼角的淚珠吧，我原諒你了。

1.

1980年代中期，我念高中。

那時還有髮禁。

髮禁讓所有高中男生的頭像刺蝟，洗頭髮時偶爾還會被刺傷。

曾以為那時的我看起來不帥的原因只是因為頭髮太短，

但上大學後發覺頭髮長了好像也不能改變什麼。

不過髮禁跟這個故事毫不相干。

就像古龍的小說裡常莫名其妙出現一個女人，時間總是在深夜，

場景是四下無人萬籟俱寂的荒野。

她通常會自言自語，嘆了幾口氣，在小說裡走了幾頁後，突然消失。

直到小說結束，這位神秘女人都不再出現，也對小說劇情毫無影響。

那她到底出來幹嘛？

總之，1980年代中期，我念高中。

那時還有髮禁。

我是從鄉下進城來念書的，那時老家連一盞紅綠燈都沒有。

「台北不是我的家，我的家鄉沒有霓虹燈……」

羅大佑的《鹿港小鎮》中，把台北改成台南、霓虹燈改成紅綠燈，

那麼唱的就是我的心聲。

我花了一些時間才適應這種離家獨居的生活。
我學會用手洗衣服，而且像灰姑娘那樣任勞任怨，邊洗邊唱歌。
偏食的習慣也改掉了，因為如果每次到餐廳都只吃喜歡吃的菜，
不久就會膩，膩久了也許會瘋。
在瘋掉之前，開始吃些平常連聞都不聞的菜，久了便什麼菜都吃。

龐大聯考壓力下的高中生活，是非常單純的。
除了念書就是考試，除了考試就是念書。
無論何時何地，都會有人提醒你「業精於勤，荒於嬉」、
「唯有流汗播種，才能歡呼收割」、「成功是屬於堅持到底的人」
等等讓你覺得喘口氣休息是罪大惡極的名言佳句。

題外話，我應該就是那種堅持到底的人。
因為後來我考上成功大學。

「嚴歸。」
「鄭傳。」
「讓我們言歸正傳。」
這是著名的《這一夜誰來說相聲》中的相聲台詞。
所以，讓我們言歸正傳。

故事是從剛升上高二時的一堂國文課開始。

原本國文課是很枯燥的，帶著濃厚鄉音的老師唸課文沒人聽得懂。

偶爾他會試著講笑話，但他總是邊說邊像馬一樣發出嘶嘶的聲音。

而且還會從齒縫灑出口水。

但初秋的這堂國文課卻讓我的心提早入冬。

「請大家推舉一位同學，代表本校參加全國高中作文比賽。」

老師說完後，同學們眼皮只微微一抬，似乎都沒興趣。

得到全國高中作文比賽第一名又如何？聯考作文成績能加一分嗎？

「以『孝順』為主題，寫篇論說文。」老師不識相地繼續說，

「要寫一萬字，期限是兩個月，寫完後交給我。」

有沒有搞錯？

高中生的作文是為了成績而寫，平時寫一千字已經夠了不起了，

竟然要寫一萬字？而且還是不能唬爛的論說文。

那得耽誤多少念書的時間啊。

一股緊張的氣氛突然在同學間蔓延，因為這是生死攸關的事，

大家都很害怕自己會變成苦主。

沒想到竟然有一個同學舉手站起來說出我的名字！

「蔡同學的文筆一直是有目共睹，我相信他一定能為本校爭光！」

他說完後，同學們拍手叫好、歡呼聲四起。

「實至名歸啊。」有同學說。

「蔡同學。」老師露出笑容，「看來你是眾望所歸。」

什麼眾望所歸？這叫眾「龜」所望。

這群烏龜就像古時候誰抽到籤就得送女兒去山上嫁給妖怪一樣，

大家只會祈禱自己不要中籤，根本不會管中籤的人是誰啊。

生物課裡提到腎上腺素會讓人突然生出神力搬起鋼琴逃離火災現場，

此時我的腎上腺素應該正在分泌，於是我站起身大聲說：

『老師，我的作文不好啊！』

「不要太謙虛。」

『這是事實啊。如果是謙虛，我就會說我的作文很爛。』

「爲了學校的榮譽，你應該要當仁不讓才對。」

『正是爲了學校的榮譽，老師更應該挑選眞正有能力的人啊。』

「同學們都對你這麼有信心，你怎麼反而沒自信呢？」

『他們怎麼可能對我有信心？他們只是想找個替死鬼而已。』

「你這種推三阻四的態度，我非常不欣賞。」老師瞪了我一眼。

『老師，你應該比誰都清楚我的作文成績啊。』

「別說了！」老師似乎動怒了，「總之，你就是眾望所歸。」

『可是……』

「還說！」老師突然打斷我的話。

我張大嘴巴，欲言又止，悻悻然坐下。

看來我的處境，就像在海產店的魚缸裡被食客點中的魚。

既然眾望所歸，我也只能視死如歸了。

下課後，那個舉手推薦我的同學走到我身旁，用幸災樂禍的口吻說：

「誰叫你踩到人家的腳不會說聲對不起。」

我很納悶，左思右想我什麼時候踩到別人的腳？

上課鐘敲響時，我才想起上禮拜打籃球時曾不小心踩了他的腳。

打籃球時肢體碰撞很正常啊，而且我也對他笑了笑表示不好意思，

沒想到他竟然會記恨這種事。

天啊，才高中生而已，心機這麼重。

我無心檢討高中教育到底哪裡出了問題，一萬字作文已夠我心煩了。

依照所有國文老師講到爛的起承轉合原則，開頭要破題、結尾要有力，

所以起和合的字數應該不會多。

那麼承和轉豈不是要吃掉大部分字數？

難道要山窮水盡繼續承、柳暗花明又一轉嗎？

電視或電影裡常演那種放高利貸的來討債的劇情，

而欠錢的人總是沒有正當的方法能在期限內籌出要還的錢。

我的心情就像那些欠高利貸的人。

可悲的是，欠錢還能去搶銀行，但欠字的話連銀行都沒得搶。

「限你兩個月內交出一萬字，不然殺你全家！」

在我腦海裡，國文老師已經幻化成放高利貸的吸血鬼了。

我到圖書館借了三本教人作文的書，裡面有一些以孝順為題的範例。

又去舊書攤買了一本書，書況很糟，內頁有蚊子標本甚至黏了鼻屎。

為了能順利生出那一萬字，叫我穿裙子跑操場三圈我也可以忍。

我在家裡寫了兩天，為了求快，直接在稿子上寫。

但往往寫不到幾行就卡住。

稿紙已經揉掉十幾張，進度卻還是零。

每當看到書桌上那疊書和稿紙，心裡便有一股氣，根本無法專心寫。

勉強動筆時只會邊寫邊罵髒話。

而且這也影響我念其他功課時的心情。

這樣下去的話，心情會更糟、功課會更差，恐怕會造成惡性循環。

於是我把那四本書帶到學校，稿紙也帶著，都塞進課桌內的抽屜。

利用下課時間打打草稿，我可不想寫到一半再重頭來過。

小不忍則亂大謀，所以小便要忍，水少喝點，才會多點時間寫稿。

下課回家後，沒看到那疊書和稿紙，眼不見為淨，念書便專心多了。

在學校構思了幾天，草稿大致完成。

所謂的「草稿」，只是在那四本書上畫些重點，以供動筆時之參考。

電腦不發達的時代，無法複製貼上，只能乖乖用筆寫下一萬字。

終於開始在稿紙上動筆時，還是不太順，稿紙常被揉成團，

我順手就往抽屜內丟。

有天早上我剛進教室，坐定後從抽屜拿出一本書和稿紙，

打算利用早自習時間寫點稿，突然發現書裡夾了張紙條。

「喂！你有沒有公德心呀！這抽屜不是只有你在用。

　垃圾的歸宿是垃圾桶，不是抽屜！」

那是比平常字體大三倍以上的紅色字跡。

我嚇了一大跳，書本從手中滑落，掉落地面。

回過神後，仔細想了一下：「抽屜不是只有你在用」？

這間教室是我們班的專屬教室，而且每個學生的座位都是固定的，

所以這抽屜當然只有我在用啊。

難道有人捉弄我？

環顧四周，其他同學都在安靜看書，教室裡沒半點聲音。

照理說，我因為要寫一萬字作文的鳥事，現在成了班上的衰尾道人。

大家除了同情我、暗地嘲笑我、不跟我握手以免感染晦氣外，

誰還會這麼沒人性捉弄我？

雖然納悶，但上了幾堂課、寫了幾百字稿子後，

我便完全忘了紙條的事。

第二天一早進教室，又發現第二張紙條。

「喂！你真的很白目，你是聽不懂中文嗎？

　要用的東西帶回家，不用的東西丟垃圾桶！

　Understand？」

同樣是紅色的字跡。

這次我的反應不是嚇一大跳，而是火冒三丈。

在每天要念那麼多書的情況下，我還得浪費時間精力腦力和一些錢，

去寫這篇到現在我還搞不清楚為什麼非得要我寫的作文。

這處境已經是高中生的最大悲劇，竟然還被人教訓，而且還用英文。

我立刻在紙條上找個空白的地方寫下：

『喂！夠了喔！不要惹我，我會不爽！』

「你把抽屜搞得這麼亂，還敢說不爽？

　你到底有沒有良心？」

這是第三天的紙條上的字。

我沒有良心？

看到瞎了眼的乞丐，你可以繞過他、也可以無動於衷走過他身旁，

但你竟然在他面前的破碗內撒尿。

而撒尿的人反而罵我沒有良心？

『捉弄同學心何安？因果報應終須還。

　百年之後閻王殿，汝再投胎做人難！』

我氣炸了，在紙條上寫下這首打油詩。

寫完後看了一遍，氣突然消了，而且露出微笑。

這首詩寫得有模有樣，看來我應該還是有點才情。

可惜我要寫的是一萬字論說文，如果是參加「找尋第二個李白」、

「蘇東坡的轉世靈童在哪裡」之類的徵文活動，我大概很有希望。

「你不用詛咒我，我反正不是人。」

第四天的紙條上的字。

不是人？

我背脊有些發涼，渾身起了雞皮疙瘩。

轉念一想，鬼魂通常不會用寫的，應該是用低八度的聲音說出：

「我好慘啊……」之類的話。

也許這鬼魂不想待在地獄，喜歡附在課桌的抽屜內，

但這情形只會在小說中出現，不會出現在高中生活裡。

因為高中生活也是地獄。

我冷靜了下來，決定今天放學後晚點走，確定是否真有整我的人。

放學時等同學都走光後，我又多待了5分鐘。

離開教室時，還頻頻回頭，留意是否有人溜進教室。

隔天起了個大早，火速衝進教室。

果然我是第一個進教室的人。

「我最後一次警告你，再不把抽屜收拾乾淨，你就試試看！」

2.

我像洩了氣的皮球一樣，癱坐在椅子上。

到底是誰呢？

難道真的是鬼嗎？

不要啊，我是自然組的學生，物理和化學已經把我嚇得不成人形了，

你如果要嚇人應該找社會組的學生啊。

我八字有點輕但不算太輕，而且沒做虧心事。

我的成績普通不會造成同儕壓力、考試從不作弊、看到老師會敬禮、

作業都是自己寫、常常讓同學抄作業甚至會問他抄得累不累，

像我這樣的高中生簡直可以立銅像了。

鬼魂碰到我應該要感動得掉眼淚，而不是嚇我啊。

我整天胡思亂想，稿子一個字也沒寫。

放學時原本想在紙條上寫：『請問你有何冤情？』

但後來想想便作罷。

萬一他說他的骨灰埋在學校的鐘樓下，要在半夜12點正挖出來，

那我豈不是自找麻煩？

算了，還是把抽屜內的紙團清空，比較保險。

而且我還用抹布沾些水，把抽屜內擦乾淨。

拿抹布擦拭抽屜時，我突然想到：

如果這鬼魂信基督教，或許我可以去教堂拿點聖水灑進抽屜；

如果他信的是道教，那我只能請人畫符了。

隔天一早，懷著一顆忐忑的心，走進教室坐下。

先做一個深呼吸試著冷靜，再低頭往抽屜內察看。

然後我嘆了一口氣。

因為紙條又出現了。

「你終於學乖了，善哉善哉。

　但你的書還是佔了我的空間。」

善哉善哉？

莫非他信的是佛教？

『觀自在菩薩。行深般若波羅蜜多時。照見五蘊皆空。度一切苦厄。

　舍利子。色不異空。空不異色。色即是空。空即是色……』

我在紙條上把《心經》抄寫一遍。

「般若波羅蜜多心經？

　不夠力啦！我很凶的。」

識時務者為俊傑，放學後我把抽屜內的四本書收進書包帶回家。

總之，今晚就是邊寫稿邊罵髒話邊感到小小恐懼邊覺得無可奈何。

原以為自己會像被日軍抓到的抗日志士一樣，不僅能忍受任何酷刑，

還會抽空對日本人吐口水。

沒想到在不清楚對方是否真是鬼的狀況下，便退縮了。

真是窩囊。

「會怕就好，終於知難而退了吧。

　以後抽屜要收得乾乾淨淨，別再弄亂了。

　要當個有公德心的高中生，不要像個被寵壞的小孩。」

我像個被寵壞的小孩？

乖乖認輸還要被消遣，我實在嚥不下這口氣。

放學後我到附近的城隍廟，拿了一本《大悲咒》。

晚餐吃素，飯後洗個仔細的澡，然後回到書桌前正襟危坐。

南無。喝囉怛那。哆囉夜耶。南無。阿唎耶。婆盧羯帝。爍缽囉耶……

我用毛筆將415字《大悲咒》全文抄寫在紙上。

如果紙條不再出現那就算了；

如果又有紙條，只好請觀世音菩薩作主了。

「嘿，今天你很乖，抽屜很乾淨。

　請你吃顆糖。」

除了有紙條，還真的有顆糖。

我可不敢吃那顆糖，搞不好這只是我的幻覺，

它其實不是糖而是元寶蠟燭或是冥紙之類的。

我下定決心，將那張抄了《大悲咒》的紙，端正擺進抽屜內。

紙的四角還用透明膠帶貼住。

「你毛筆字不錯，這禮物我收下了。為了報答，我說個笑話給你聽。

　去年母親開刀，我很擔心，因為母親很怕痛，而手術後是很痛的。

　母親手術完後我去看她，只見她神色自若、有說有笑。我很好奇，

　問：『媽，妳不痛嗎？』她回答：『不會啊。有人告訴我唸大悲咒

　很有效，於是我就唸了三遍大悲咒，果然離苦得樂。』

　我更好奇了，又問：『可是媽，妳不會唸大悲咒呀。』

　『我會呀，我就大悲咒、大悲咒、大悲咒，這樣給它唸三遍。』

　ps. 這算是個笑話吧？」

這紙條是什麼意思？大悲咒的冷笑話嗎？

關於大悲咒的冷笑話，我只聽過如果要把小杯的豆漿變成大杯的，

唸大悲咒就行。

但重點不是這個冷笑話有幾顆星，而是他為什麼說這些啊。

我的恐懼感莫名其妙消失了，剩下的只是疑惑而已。

他應該不是鬼，那麼他到底是誰？又為什麼總在我抽屜內留言呢？

我想了半天，一點頭緒也沒，索性不想了。

既然不是鬼，那就沒什麼好怕了，我又把那四本書放進抽屜。

放學時，照例所有同學都要先簡單打掃一下教室再離開。

我今天負責擦窗戶，這是最輕鬆的工作，通常會最早完成。

我擦完窗戶便回到座位，揹起書包準備回家。

坐我右手邊的同學拿著掃把掃到我身旁時，說：

「喂，你抽屜還有東西沒帶走。」

我先是愣了一下，然後摳住他脖子，叫了一聲：『原來是你！』

他嚇了一跳，掃帚掉到地上發出清脆聲音。

他用力掙脫後，瞪了我一眼，說：「幹嘛啦！」

『你為什麼要嚇我？』

「我嚇你？」他一臉茫然。

雞同鴨講了一會，我才知道他只是好心提醒我，怕我忘了帶書回家。

「而且晚上還有補校學生來上課，把書放抽屜裡不好。」他說。

『補校學生？』我很驚訝。

「是啊。」他瞄了我一眼，「你不知道嗎？」

『我不知道啊！』我幾乎是叫了出來。

「你真夠笨的，連這個都不知道。」

他說完後便不理我，繼續掃他的地。

我怎麼會知道我們學校還有補校學生？

這東西考試又不會考！

原來只是跟我共用同一張桌椅的某個補校學生，根本不是鬼。

他說的對，我真夠笨的。

困擾多時的謎團終於解開，我的心情頓時輕鬆了起來。

自從國文老師逼我寫作文以來，我已經不知道快樂是何物。

突然襲來的快樂情緒，讓我一個勁兒笑個不停。

於是我回到座位，拿出一張紙，打算也寫個笑話給念補校的他。

『我也說個笑話給你聽。有個嫖客跟妓女在辦事時，妓女一聲不吭。

　　嫖客抱怨：「妳這麼安靜我不夠爽啦，妳是不會叫春嗎？」

　　妓女回答：「我當然會叫春。」嫖客說：「那就叫幾聲來聽聽。」

　　於是妓女就叫：「春、春、春……」

　　ps. 這笑話跟你的笑話有異曲同工之妙吧？』

晚上在書桌前念書時，偶爾會莫名其妙笑了出來。

我還唱歌喔，而且是英文歌呢。

『Sayonara……Japanese goodbye……whisper sayonara……

　　smiling and don't you cry……』

我自己也不知道為什麼，老是哼著這首《櫻花戀》的電影主題曲。

隔天早上帶著期待看到紙條的心走進教室。

他會寫些什麼呢？

也許因為我寫的笑話很好笑，他想跟我義結金蘭也說不定。

「低級！無聊！變態！

　　還有，你幹嘛又把書放抽屜裡，很煩耶！」

啊？

怎麼會這樣？

這是五顆星的冷笑話，而且還是黃色的耶。

任何一個健康的高中男生聽到這笑話都應該感動得痛哭流涕啊。

莫非「他」是個女孩？

我一直以為他是男的，因為我們學校是男校，沒半個女學生。

甚至在校園裡流浪的狗都是公的。

難道補校有收女學生？

我猶豫了一會，在今天的紙條上寫下：

『不好意思，請允許我問你一個深奧的問題。

　你是女的嗎？』

「廢話。我是個心地善良、清新脫俗的補校女生。

　而你，卻是個沒公德心、低級無聊的高中男生！」

我有點不知所措，畢竟和尚學校待久了，毫無面對女同學的經驗。

只好用很客氣的口吻寫下：

『對不起。我把書收回家了。

　我一直以為這抽屜只有我在用，並不是故意要佔用妳的空間。

　請妳原諒我的無心之過。』

「俗話說：十年修得同船渡。

　如果要修到共用一個抽屜，大概也得要十個月。

　所以擦去你眼角的淚珠吧，我原諒你了。」

擦個屁淚，莫名其妙。

不過她肯原諒我，可見不是小氣的女生。

只要不是小氣的女生，那就好說話了。

『妳之前幹嘛裝鬼嚇我？』

「因為你笨呀。是你自己把我當成鬼的。」

『那妳還是可以告訴我，妳其實只是個補校學生而已。』

「誰叫你抽屜不收拾乾淨，活該被嚇。」

『不好意思，我有苦衷。我要寫一萬字作文。』

「什麼樣的作文？」

『論孝順或談孝順之類的，要比賽的。』

「你作文很好嗎？」

『不好。我是被陷害的。』

「所以你是好人。」

『為什麼這麼說？』

「只有好人才會被陷害呀。」

這樣的對話在面對面時只要花一分鐘，

但在抽屜內的時空，卻要花六天。

3.

『跟妳商量一件事，讓我把書放在抽屜裡吧？』

「那些書又舊又髒，有本書上頭還沾了耳屎，很噁心。」

『那是鼻屎。不信的話，妳仔細看，裡面有毛。』

「你更噁心。為什麼不把書帶回家？嫌髒嗎？」

『在家裡沒辦法寫，心情會變差。我很不情願寫這篇作文。』

「那好吧。你可以把書放抽屜。」

『謝謝。請妳吃一顆糖，日本的喔。』

「很好吃。謝謝。」

又把那四本書帶來學校後的第三天，我終於寫完了。

算了一下，一張500字的稿紙我共寫了18張。

只約九千字，國文老師能接受嗎？

我確定她不是小氣的女生，但國文老師可是非常小氣。

果然國文老師拿到稿子後的第一個動作，便是仔細數稿紙有幾張。

竟然還用手指邊沾口水邊數，在數鈔票嗎？

「才18張。」數完後，國文老師皺起眉頭。

『老師，我已經盡力了。』

「規定是一萬字，就一萬字。」他面無表情，「沒得商量。」

『可是九千已經很接近一萬了。』

「如果我欠你一萬塊，卻只還你九千塊，你能接受嗎？」

『可以接受。』我小聲說，『因為老師賺錢很辛苦。』

國文老師連內文都沒看，便將那疊稿紙捲成筒狀，作勢要遞給我。

「拿回去重寫。」他說。

『可是……』

「可是什麼？」他伸長了手，「拿回去！」

我心裡幹聲連連，緩緩伸出右手接下。

高中生活果然是地獄。

雖然只差一千字，但所謂的「重寫」，還是得再寫一萬字。

電腦不發達的年代，沒辦法任意在文章內插進文字。

我只能以這九千字為草稿，然後想盡辦法絞盡腦汁生出一千字，

最後再重新寫出一萬字稿子。

「喂，稿子寫得如何？」

『寫完了，但被老師退稿。因為只有九千字。』

「你的老師太小氣了吧，九千已經很接近一萬了。」

『妳的第一句我同意，第二句和我的想法一樣。』

「那你怎麼辦？難道再重寫一萬字？」

『是啊。我正煩惱該怎麼生出額外的一千字。』

「何不以自己為例？這樣也許能寫更多。」

『基本上我是個低調的人，難道我割腎醫父、賣血養母、常常牽著
　奶奶的手過馬路的事也要寫出來讓大家都知道嗎？』

「你很無聊耶！」

她這次寫的「無聊」倒是給了我靈感。

因為無聊的人，廢話一定多。

我腦中靈光乍現，想出一套直接將文章變胖的方法。

「很」用「非常」代替，死都不省略形容詞的「的」和副詞的「地」；

還有要善用一些虛無縹緲的字，如「了」、「就」等。

而且多加標點符號，因為標點符號也佔稿紙的一格。

我已經落魄到為了能多寫一個字而不擇手段的地步了。

例如：

今天飯很好吃，吃完飯我到街上悠閒逛街，在地上撿到一塊錢。

可以改為：

今天（的）飯（非常）好吃，吃完（了）飯（，）我（就）到街上
悠閒（地）逛街，在地上撿到（了）一塊錢。

原本包含標點符號只有28字，瞬間增加為35字。

我精神抖擻，逐字閱讀稿子，用紅筆把增加的字直接加註在稿紙上。

整份稿子在這個增胖計畫中，粗略估計約多了一千一百個字。

增加最多的是「的」字，果然只要用心，文章到處都可加「的」。

多年後電影《食神》的經典對白：「只要用心，人人都可以是食神。」

也呼應了這點。

『嘿嘿，我已經找到那額外的一千字了。』

離開學校時，我在紙條上這麼留言。

我把加註了很多紅字的稿子帶回家，今晚就把這件事做個了結。

抄一萬字雖然也是不小的工程，但起碼不用動腦，會輕鬆許多。

我在書桌前一鼓作氣，花了六個多小時抄寫完一萬字的稿。

「真的嗎？你怎麼辦到的？」

隔天看到紙條後我很得意，嘿嘿笑了起來，鄰座的同學瞄了我一眼。

今天終於可以徹底解脫了，待會把稿子交給國文老師後，

我就要告別地藏王菩薩了。

因為我即將離開地獄。

把稿子交給國文老師，他又仔細點了點，這回我寫了20張半。

他仍然沒看稿子內文一眼，只是點個頭，揮揮手示意我可以離開。

我一整天的心情都很輕鬆愉快，放學時將充斥紅字的舊稿放進抽屜，

然後在紙條寫下：

『稿子讓妳瞻仰一下。妳將見證一個天才寫作者誕生。

　ps. 妳將（會）見證（到）一個天才寫作者（的）誕生。』

「原來如此。你太dirty了。」

『那妳會thirsty嗎？抽屜內的飲料請妳喝。』

「謝謝。幹嘛請我喝飲料？」

『因為妳的一句「無聊」，促成一篇偉大鉅作的誕生。』

「跟我無關，我可沒叫你到處加『的』。」

『施恩不望報。妳真是偉大、偉大啊！』

「你還是一樣無聊。對了，新的稿子寫完了嗎？」

『早就寫完了。反正只是重抄一遍而已。』

「那這份舊稿借我回家看。最近睡不好，看這種稿子容易想睡覺。」

『最好是這樣。』

我把借來的三本書還給圖書館，沾了鼻屎的書送給撿破爛的人。

而我一收到她還我的舊稿時，立刻揉成18個紙團丟進垃圾桶。

這件事就到此告一段落，我完全不想保有這篇文章的記憶。

回復正常念書的日子值得慶幸，更何況還多了一個可以通紙條的她。

我發覺她應該是個細心的女孩，而且似乎很愛乾淨。

她總會準備一張乾淨的白紙，再把字寫在上面，排成筆直一列。

我會在那列字下面寫字，但我的字排起來卻有些歪斜，偶爾還彎曲。

然後她會再寫出一列筆直的字。

白紙差不多寫滿後，她又會換一張全新的白紙。

心血來潮時，她會寫出一段字，我也會跟著寫一段。

有時她還會畫畫，當然我也得跟著畫。

如果她的畫風像是童話故事裡的白雪公主，

那我的畫風就像在廉價賓館裡被抓到的嫖客。

坦白說，要不是因為有這段跟她通紙條的經歷，

我的高中生活回憶恐怕只有書桌、黑板、參考書和考試卷。

在紙條一來一回之間，我大致知道了一些她的資料。

她和我同年，不過她卻是她們班上年紀最小的學生。

補校學生彼此的背景差異懸殊，她們班上年紀最大的已經30歲。

她白天在安平工業區上班，下班後立刻趕來學校上課。

『哇！這樣很累呢。』

「習慣了就好，不怎麼覺得累。」

『假日呢？妳會不會跑去捐血或是到少林寺打工之類的？』

「你少無聊。假日我會睡一整天。」

『哇！睡一整天也很累呢。』

「聽你說話最累！」

文章有起承轉合，現實生活中也有。

大約在國文老師收下我的稿子後三個禮拜，現實中的「轉」出現了。

那天國文老師突然叫我下課後去辦公室找他。

「離期限還有一個多禮拜，你再寫一篇吧。」他說。

『再寫一篇？』我不禁叫了出來。

「小聲點，這裡是辦公室。」他瞪了我一眼，「你的稿子不見了。」

『啊？』我張大嘴巴，『怎麼會不見？』

「這要怪你。你如果寫得好，我一定會小心收好。」他又瞪我一眼，

「只怪你寫得不好，我才會順手擺著。現在卻找不到了。」

『稿子是老師弄丟的，為什麼卻要我負責呢？』我氣急敗壞。

「你懂不懂尊師重道？竟然敢這樣跟老師說話！」他火了，

「你再寫一篇就對了！」

走出辦公室，只覺得陽光好刺眼。

Why does the sun go on shining？

Why does the sea rush to shore？

Don't they know it's the end of the world？

我的心聲就像《The end of the world》的歌詞。

舊稿丟了、沾了鼻屎的書也給人了，即使還可以去圖書館借書，

但要我再從頭寫一萬字作文？

這已經不是有沒有能力的問題，而是我完全不想再寫啊！

我好像被一腳踹到太平洋裡，只能在深深太平洋底深深傷心。

這天她的紙條我沒回，因為我的世界已經一片黑暗。

隔天她在紙條上寫：

「咦？你生病了嗎？所以沒來上課？」

我還是沒回。

「喂，為什麼又沒有回我話？」

我提起筆想在紙條上寫些字，但心情仍然很糟，一個字也擠不出來。

「連續三天沒回，你最好是病得很重。」

我嘆口氣，只好在紙條上寫下：

『我心情不好，不想說話。』

「那我說個笑話給你聽。

　　上禮拜到興達港買海產，有個小販面前擺了四盤明蝦，分別標價：

一百、兩百、三百、四百。我看那四盤明蝦都差不多，好奇便問：

　　『為什麼價錢不同？』小販的右手由四百往一百比，邊比邊回答：

　　『這盤是活的、這盤正在死、這盤剛死不久、這盤是死很久的。』

　　ps. 這個小販夠酷吧？」

唉，頭好痛。

這是個會讓心情雪上加霜的冷笑話。

所以我又沒回。

「那麼再來個更厲害的笑話。

　　鄰居在家門口種了一棵小樹，說來奇怪，那棵小樹常常搖來搖去，

　　即使沒風時也是如此。

　　我很好奇，便問：『為什麼這棵樹總是搖搖晃晃？』鄰居回答：

　　『我常常給它澆啤酒，它大概醉了，所以老是搖搖晃晃的。』

　　ps. 我的鄰居更酷吧？」

不。我的頭更痛了。

只剩三天了，我一個字也沒寫。

眼看大難就要臨頭，再怎麼好笑的笑話我聽了都會哭。

所以我還是保持沉默。

「隨便說句話吧。我會擔心你。」

看到紙條後，心裡湧上一股麻麻又暖暖的感覺。

我突然有種全世界只剩下她關心我的錯覺。

沒多久我開始覺得委屈，眼眶有些濕潤。

擦了擦眼角後，我拿起筆寫下：

『國文老師把我的稿子弄丟了，他要我重寫一篇。只剩兩天了。』

隔天發現抽屜裡除了紙條外，

還有一本包了透明書套幾乎全新的高二國文課本。

「注意書上19頁、69頁、10頁、15頁、22頁、48頁，照順序翻。

　還有，別把書弄髒，我上課要用的。」

這課本我也有，但我的課本髒多了。

基本上我覺得用書套包住高中課本是浪費生命又浪費金錢的事。

在我的生涯規劃中，考完聯考後第一件要做的事，

就是放把火把所有高中課本都燒光。

我小心翼翼翻開這本書的第19頁，裡面夾了幾張紙。

紙被對折兩次，再仔細壓平，然後夾進書裡。

我把紙攤開只看了一眼，立刻喜出望外，是我的舊稿啊！

這是那份加了紅字的18張舊稿影印本，

稿子的順序則依照19、69、10、15、22、48，每頁各夾了三張紙。

終於得救了。

『I'm on the top of the world looking down on creation

　And the only explanation I can find

Is the love that I've found ever since you've been around……』
我不禁唱起《Top of the world》這首歌。

雖然明天是截稿日，但只要我把這份影印本帶回家，
今晚就可再抄出一萬字稿子。
離開學校前，我在紙條寫下：
『妳怎麼會有這份稿子的影印本？』

「你不會先說聲謝謝嗎？」

昨晚熬夜抄稿，影印本有點模糊，尤其是紅色字跡的影印。
只剩下一點點就可抄完時，我已撐不下去，便躺下睡覺。
今天的早自習時間，我再把剩下約一張的稿子抄完。
拿去交給國文老師時，稿子還是熱騰騰的。

國文老師面無表情收下稿子，沒說半句話，也依舊沒看內文一眼。
他把稿子收進抽屜後，我在心裡默唸：
在辦公桌右邊最下面的抽屜、在辦公桌右邊最下面的抽屜……
「在嘟嚷什麼？」他瞪我一眼，「還不快回教室！」

這一個多禮拜以來的陰霾心情，終於出現了藍天白雲。
我非常感激她，這種感激不是一句「謝謝」所能表達。

『大恩不言謝，我欠妳一條命。可惜妳生日過了。』

「咦？你知道我的生日？」

『19、69、10、15、22、48。不就是妳的生辰八字？』

「唉。同在一所學校念書，你是聰明的明星高中學生，而我這種補校
　學生卻笨多了。」

『千萬別這麼說，我只是隨便猜猜。』

「喂，既然知道我的生辰八字，千萬別紮草人害我呀。」

『妳放心，妳是我的救命恩人，我絕對不會恩將仇報。』

「知道就好。要記得報恩呀。」

『對了，妳還沒告訴我，為什麼會有影印本？』

「那天借你的稿子回家當安眠藥時，順手影印了一份。」

『如果妳要稿子可以跟我說啊，我一定給妳，甚至還會貼妳錢。』

「我不要你的稿子。我只是知道你一定會把稿子丟掉，不會留著。」

『我當然不會留著那份稿子，誰會留著擦過屁股的衛生紙？』

「喂，不要亂比喻。」

『言歸正傳。既然妳不要我的稿子，又為何要影印一份？』

「你有沒有想過，三年後、五年後、十年後甚至更久以後，總之，
　或許將來某天，你突然心血來潮想看看高中的你寫些什麼東西。
　所以我幫你影印了一份。」

『不管過了多久，我應該不會想看吧。除非我將來的日子太無聊。』

「所以我說：或許將來某天。」

『或許將來某天我眞的心血來潮，但「將來某天」妳怎麼拿給我？』

「你眞笨。或許將來某天，我們會見面呀。」

見面？

glance
回
眸

4.

我從未想過跟她見面。

但這並不意味著我不想見她，而是我一直以為我們不需要見面。

我們共用一張課桌，同坐一張椅子，每天注視著同樣的黑板。

上課抄筆記時，我的雙手會靠在桌上；

下課時，偶爾我會趴在桌上小睡，右臉或左臉貼住桌面。

當她抄筆記時，或是因疲累而趴在桌上休息時，也是如此吧？

在空間的座標上，我們重疊在相同的點，完全沒有距離。

唯一的距離，只有時間。

我5點15放學，她6點上課，相隔不到1個小時。

理論上只要我願意，而且夠無聊，放學後留在教室45分鐘就可見面。

但對我們這種心臟只為了聯考而跳動的普通高中生而言，

放學後沒人會多待在校園內一分鐘。

更何況幾乎所有同學都要趕去補習班補習，於是得匆忙離開校園。

如果有人在放學後的校園內悠閒欣賞黃昏，

那麼他一定是在升學壓力下崩潰了，或是瘋了。

她5點半下班，匆忙趕來學校時已經非常接近6點，甚至可能遲到。

而我的心理素質還可以，不會因為崩潰而導致放學後還留在校園。

因此即使我和她之間的距離只有短短45分鐘，

但只要我們都沒離開現在的高中生活模式，我們大概不會見面。

矛盾的是，一旦離開現在的生活，我們便不再重疊於相同的點上。

那又該如何見面？

『或許將來某天，我們會見面吧。』

「沒錯。或許將來某天。」

這個話題就此結束。

我們除了閒聊外，偶爾也會討論功課。

說「討論」不太正確，應該只是單純的抱怨。

她是社會組的學生，我是自然組的學生。

我會向她抱怨物理化學的艱澀，她也會跟我抱怨歷史地理的枯燥。

「宋朝爲什麼會積弱不振？」

『因爲包青天鐵面無私，不怕權貴，堅持王子犯法與庶民同罪。偏偏
　在宋朝犯罪的都是王子，所以包青天斬了太多王公、大臣及武將，
　朝廷內文武百官都快被他斬光了，宋朝能不積弱嗎？』

「胡說！」

『輪到我問妳。妳知道月球繞著地球轉，是屬於哪種運動？』

「不知道。」

『那妳知道月球以每年將近4公分的速度，遠離地球嗎？』

「不知道。」

『爲什麼月球會漸漸遠離地球？』
「不知道！」

從這裡可以看出我和她個性的差異。
她問我，我會瞎掰；我問她，她會裝死。
雖然這種問答通常沒有交集，但我們卻樂此不疲。

耶誕時節到了，書局裡滿滿陳列著耶誕卡片。
我挑了一張卡片，簡單又便宜的那種。
爲了報恩，我還跑去禮品店買了一個風鈴，打算送她當耶誕禮物。
這個風鈴還滿敏感的，輕輕一晃便叮叮咚咚，敏感得近乎歇斯底里。
我把卡片和風鈴帶到學校，準備給她驚喜。

「佛說前世五百次回眸，才換來今生擦肩而過。
　那你猜猜，我們前輩子共回眸了幾次？
　祝你耶誕快樂。」

沒想到今天早上看到的不是紙條，而是一張卡片。
她比我早一步，我有些扼腕，但幸好我已經把卡片和風鈴帶來學校。
我把包裝好的風鈴輕輕擺進抽屜，這細微的擾動還是讓它叮叮咚咚。
然後我在卡片寫下：

『我們回眸的次數，一定超過五百次。
　因爲我們不是擦肩而過，而是擦屁而坐。

擦屁而坐比較厲害。

祝妳耶誕快樂。

ps. 妳還有禮物呢，我真替妳高興。說著說著眼淚就掉下來了。』

「哇！我沒想到還會收到耶誕禮物耶，謝謝你。」

『不客氣。禮物喜歡嗎？』

「喜歡。這是很實用的防盜器。」

『防盜器？那是風鈴啊！大姐。』

「我知道呀，但這風鈴很敏感，我把它貼住窗邊掛著，如果有小偷想

　開窗爬進來，它一定會響的。所以是很好的防盜器呀。」

『最好是這樣。』

「這禮拜天，我也會去挑個禮物送你，等著哦。」

星期二早上，我在抽屜裡發現了我的耶誕禮物。

是一卷1960和1970年代西洋老歌精選錄音帶。

我又驚又喜。

記得當初離家到台南求學時，行囊裡帶了十多捲西洋老歌錄音帶。

我聽西洋老歌的習慣是被我姊姊所影響，錄音帶也是她給我的。

剛到人生地不熟的台南時，我常整夜播放這些錄音帶，

那些歌曲可以讓我的心情平靜而不慌亂，也可助我安眠。

當坐在書桌前時，也常邊聽這些錄音帶邊念書。

『妳怎麼會知道我喜歡聽西洋老歌？』

「我不知道呀。因爲我很喜歡聽，所以挑了一捲送你。」

『謝謝。裡頭有六首歌我沒聽過，很好聽。』

「沒想到我們都喜歡聽西洋老歌。對了，你會彈奏樂器嗎？」

『沒有一樣會的。妳呢？』

「我會彈一種叫你我都不利的樂器。」

『你我都不利？我從沒聽過，那是什麼樂器？』

「正因爲你我都不利，所以才會叫『吉他』呀。」

『唉，妳的冷笑話還是沒進步。』

自從知道我們有這個共同的興趣後，我們便常在抽屜交換錄音帶。

她的西洋老歌錄音帶比我多得多，對歌曲的瞭解也比我內行。

偶爾我會開出一些想聽的歌單，她總能很快找出錄音帶，

然後放進抽屜。

我書桌上的錄音帶變多了，而且有一大半不是我的。

「我最喜歡的歌是《Diamonds and Rust》，想聽這首歌的故事嗎？」

『洗耳恭聽。妳要寫得詳細點喔。』

「《Diamonds and Rust》是有「民謠之后」之稱的Joan Baez（要唸
瓊拜雅，不是瓊貝絲哦）最好的創作曲。Joan Baez在50年代末期
投入美國民歌運動，她的嗓音近乎完美，很快便在歌壇嶄露頭角。
60年代她結識了被稱爲「民謠之父」的Bob Dylan（巴布狄倫），
兩人惺惺相惜，彼此傾慕對方才華，於是產生戀情。此後兩人四處
演唱時，幾乎形影不離，是當時人人稱羨的神仙眷屬。只可惜這段

感情最後還是無疾而終。」

『我知道她們為什麼不能在一起了，因為一個叫民謠之父、另一個叫
　民謠之后，父不能與后配，不然媽媽就慘了。』
「稱呼不是重點。因為她們也分別被稱為民謠皇帝和民謠女皇。」
『女皇這稱呼讓我想到武則天，莫非Joan Baez很凶？於是民謠皇帝
　只好喜歡民謠貴妃或民謠宮女之類的。』
「你很無聊耶，到底要不要聽故事？」
『要啊。妳一定渴了吧，抽屜裡有一罐飲料。』

「謝謝。Joan Baez在1975年寫下《Diamonds and Rust》，紀念她和
　Bob Dylan兩人之間有如鑽石與鐵鏽般的愛情。」
『我一直有個疑問，為什麼歌名要叫：鑽石與鐵鏽？』
「你要從歌詞裡去體會。如果在多年後某個滿月的夜晚，你突然接到
　舊情人來電，你的心情會如何？」
『我會說：饒了我吧，我有小孩了。』
「喂。你的心情會如何？」
『目前我不知道，只能試著體會。』

「歌詞有些長而且晦澀，畢竟描寫的是Joan Baez的心境。你想想，
　當一個人把自己比喻成鐵鏽，卻把內心深愛的人比喻成鑽石，這是
　什麼樣的心境？」
『這是一種長他人志氣、滅自己威風的心境。』
「我好像在對牛彈琴，你一點都不懂這種心情。」

『我會努力研究歌詞，這樣可以了吧。』

「歌詞有個地方很有趣。上個月我看到Joan Baez現場演唱錄影帶，
　　她竟然唱Twenty years ago I bought you some cufflinks。」
『歌詞應該是：Ten years ago I bought you some cufflinks。』
「沒錯。所以你猜Joan Baez為什麼要唱錯？」
『她老了，所以記錯歌詞？』
「不。因為現在離她寫這首歌的1975年，已超過10年。所以歌詞中
『十年前我買過袖扣送你』這句，要再加上10年，於是就變成了
　　Twenty years ago。」
『這樣很無聊耶。』

「你不懂啦。對Joan Baez而言，《Diamonds and Rust》是活的，
　　所以隨著時光的改變，歌詞裡的時間也會跟著改變。」
『太深奧了，比物理還難懂。』
「那你就聽歌吧。那捲錄音帶裡還有一首《Blowing in the wind》，
　　是Bob Dylan的代表作。以前Joan Baez常跟他合唱這首歌。」

《Blowing in the wind》這首歌我的錄音帶有，以前很常聽。
How many roads must a man walk down
Before they call him a man……
一個男人得走過多少路，才能被稱為男子漢？
不用走太多或太久，只要連續寫三次一萬字作文，而且還是同一篇，
一定可以從男人變成男子漢。

搞不好還可以從單純的寫作者變成騙稿費魔人。

『妳為什麼會彈吉他？』

「我就是為了《Diamonds and Rust》拼命學吉他。或許將來某天，

　我可以彈這首歌給你聽。」

『如果可以聽妳彈吉他，那我們前世得回眸多少次才夠啊。』

「這比擦肩而過難多了，我想起碼得回眸一千次吧。」

『回眸一千次？脖子會扭到吧。』

「值得呀。如果你聽到我彈《Diamonds and Rust》，一定會感動得

　痛哭流涕。」

『要我痛哭流涕很簡單，妳講冷笑話時，我也常痛哭流涕。』

「喂，我的冷笑話都很經典耶。」

『不過妳將來某天彈吉他給我聽時，妳要小心吉他的弦喔。』

「小心？為什麼要小心？」

『吉他的弦可能會斷啊。古人常說：琴弦驟斷，必有英雄傾聽。由於

　我算是英雄，所以吉他的弦應該會斷。』

「很難笑，零分。」

關於彈吉他的話題，她總是興致勃勃，很容易從文字感受到熱情。

她還告訴我，她學會彈的第一首西洋歌是《Donna Donna》。

《Donna Donna》其實是以色列民謠，Donna的意思是自由。

她說這首歌出現在1960年Joan Baez的首張專輯。

看來她似乎對Joan Baez情有獨鍾。

「喂，快放寒假了，先跟你說聲恭喜發財。」
『過年還要兩個多禮拜耶！晚點再說會死嗎？』
「你看不懂中文嗎？『快放寒假了』。」
『寒假又如何？還是有輔導課，要來學校啊。』
「那是你們那種正常的高中生，我們是補校學生，寒假就是寒假。」
『妳們寒假不用上課？』
「是的，好好享受你的寒假輔導課，我明天開始放假。恭喜發財。」
『喂！』

她沒回紙條，果然是放假了。
至於我，寒假裡除了過年放幾天假外，其餘時間還是得上課。
同樣的教室、黑板、老師、課桌椅，只是抽屜內不再有紙條。
好空曠啊，我每天進教室都有這種感覺。
而且覺得這個寒假好漫長。

5.

「喂，我回來了。想念我嗎？」

『妳捨得回學校上課了？』

「是捨不得，但沒辦法，因為開學了。寒假過得充實嗎？」

『非常充實。念了很多課本、考了很多考試。』

「你在教室憂國憂民，我去郊外碧海藍天，真好。」

『這世界真不公平。』

「我開玩笑的。你忘了嗎？即使是寒假，我還是得上班。」

差點忘了，她是晚上的補校學生，白天還有工作。

我的世界太狹隘了，彷彿除了聯考，這世界便空無一物。

總之，她回來上課了，我每天早上走進教室時又可以有期待。

終於回到正常通紙條的日子，我的心裡安定不少。

很快就要升上高三了，這學期老師們念茲在茲就是這句話。

而且他們講這句話時的神情，好像外星人來襲、地球要滅亡了那樣。

搞得我緊張兮兮。

我常跟她抱怨這種心情，她總試著轉移我的注意力。

「哪句成語裡面包含了四種動物？」

『兄弟姊妹。這是四種人，人也是動物。』

「是蛛絲馬跡（豬獅馬雞）啦！」

『拜託妳別再講冷笑話了，我給妳錢。』

「再來一個。誰最了解豬？」

『豬他媽。』

「錯。答案是蜘蛛（知豬）。」

『為什麼不是蜘蛛人？妳問的是"誰"，所以知豬"人"才對。』

「好，你有理，算你對。抽屜裡有一包餅乾，請你吃。」

『謝謝。但請妳行行好，別再問這種題目了。』

「不然你問我？」

『我們等級差太多了，我是諾貝爾文學獎等級，妳是國小作文等級。
　我問的話，妳會慚愧。』

「問就對了，少囉唆。」

『敦倫的英文怎麼說？』

「喂！不可以問這種題目。」

『那是妳自己想歪。因為倫敦的英文叫London，所以敦倫當然叫做
　Nodnol。』

「你比我還冷。」

『知道就好。早跟妳說了，我們的等級差太多。』

「好，那我不問這種題目了。對了，你的作文比賽有得獎嗎？」

『那篇一萬字作文嗎？沒聽說有得獎。如果那篇作文得獎，台灣的
　高中作文教育就該徹底檢討。』

「我一直很好奇，爲什麼你的國文老師一定要選你參加比賽？」

『只要有人比賽，他就可以交差了事，他根本不在乎誰參加。』

「聽起來有些悲哀。」

有什麼好悲哀的？

在這升學主義掛帥的年代，每所高中在乎的只是升學率。

你對學校的最大意義，是你的名字將來是否會出現在榜單內，

誰在乎你替學校得了多少獎？

學校不在乎，學生更不在乎。

「你說得太嚴重了。你能不能告訴我，對你而言，聯考是什麼？」

『是16歲到18歲的所有青春啊。對妳而言又是什麼？』

「我很沒用，我不參加聯考，就念到高中。」

『喂，妳不要看輕自己。如果妳再這樣，我就不跟妳說話了。』

「我道歉。其實我們補校學生多數是如此，只有少數會參加聯考。」

這情形我也知道，很多補校學生早已踏入社會工作多年。

在他們年輕時可能由於環境因素無法念高中，

所以他們很珍惜可以利用晚上時間念書的機會，不管白天工作多忙。

她們班上的同學就是如此，有些學生甚至已經有小孩了。

對補校學生而言，可能抱著一顆感恩或上進的心念書；

但對我們這種正常的高中生而言，我們沒有心，只有聯考。

『妳知道東寧路那家店嗎？門口招牌是黑色的那個？』

「那是家搖滾樂餐廳，招牌上寫著：聯考＋代溝＝搖滾。聯考的壓力
　加上與父母的代溝，只好藉著搖滾樂抒發苦悶。爲什麼問這個？」
『因爲聯考＋代溝＝搖滾，所以根據數學的移項法則，就變成了：
　聯考＝搖滾－代溝。這樣妳應該清楚知道聯考是什麼了，那就是
　搖滾－代溝。』
「喂，很冷耶！」
『好心點，給點笑聲吧，這是一個可憐的高中生僅存的幽默感。』

「喂，雖然聯考的壓力很大；雖然你的生活只剩下念書與考試；雖然
　你被逼參加你並不想參加的作文比賽，而且還連續寫了三次，但你
　千萬不要因此心生埋怨，更不要因此變得憤世嫉俗。你未來的天空
　是遼闊的，是蔚藍的，千萬別背負這些陰霾。好嗎？」

坦白說，我看到這些文字時，內心是激動的。
自從念高中以來，我每天踏著同樣的步伐，只知道向前走。
我從未看見路旁的一切，雖然只要停下腳步就能欣賞路旁的風景，
但我的腳步卻未曾停歇，甚至越走越急。
念書與考試佔據了我所有的時間，我也只爲了念書與考試而活。
偶爾我會想，念書與考試其實不是佔據我的心，而是一種腐蝕。
如果有一天，我停下腳步，路旁的風景應該已經完全陌生。
而我，會不會也對自己陌生？

幸好有她。
一個跟我同年紀但卻不是聯考的競爭對手，而只是單純的朋友。

她讓我知道，我只是一個17歲的高中生，正站在青春的起點。

她也讓我提醒自己，不要因為這時候所看到的光怪陸離現象，

影響我日後看世界的角度與眼神。

『我會聽妳的話。總之，我好好念書就是了，不去想太多，也不扭曲

　自己的個性。但連續寫三次同一篇作文實在很誇張。』

「也許你的國文老師自比為黃石公，然後把你當張良，他只是在試探

　你是否孺子可教。你應該要這樣想才對。」

『妳這個笑話好笑，我不爭氣地笑了。』

「我是在開導你耶，不是在逗你笑。」

『喔。我想起了一個冷笑話：小孩不孝怎麼辦？答案是逗他笑。』

「這笑話還是零分。總之你要記住，我會默默站在你背後支持你。」

『這比喻不好。默默站在背後的，通常是鬼。』

「喂！莫非你希望我再裝鬼嚇你？」

『我只是說妳的比喻不好而已，因為只有鬼才會不出聲默默站在背後

　嚇人啊，恐怖片都是這麼演的。』

「那我點首歌送你，《Bridge over troubled water》。」

『謝謝。這首歌真的很好聽。』

「像橫跨在惡水上的大橋那樣，我願躺下化身為橋，幫你渡過惡水。

　Like a bridge over troubled water

　I will lay me down……」

『謝謝妳。我很感動。』

「算你有良心，還知道感動。」

『明天早上要考化學，妳可以躺下來化身爲橋了。』

「化學我一點也不會。你只好跌進troubled water了。」

『最好是這樣。』

「喂，我是認眞的，不是開玩笑。」

『嗯，我知道。所以我才說我很感動。』

我確實很感動。

尤其是看了《Bridge over troubled water》的歌詞後。

老師們都把高二下當聯考衝刺的起點，不斷快馬加鞭、鞭了又鞭。

念書的壓力雖然越來越大，心情卻沒有越變越糟。

一旦有苦悶的情緒，我可以利用抽屜當作宣洩的窗口。

而她會用心傾聽我的抱怨，不管我抱怨的文字有多長。

當然她還是喜歡轉移我的注意力。

「聽說台北有個地方叫貓空，請問爲什麼要叫『貓空』？」

『妳又來了。』

「猜猜看嘛。猜對的話，我送你一樣禮物。」

『這簡單。因爲狗來了。』

「你怎麼會知道？這題我想了很久耶。」

『因爲我們的等級差太多，如果想猜對妳的問題，只能用平底鍋狠狠
　　敲腦袋三下，結果變笨了，所以就答對了。』

「最好是這樣。禮物在抽屜裡。」

那是一張約巴掌大的體溫測試卡，造型很可愛。
把它貼住額頭約一分鐘，體溫正常的話會浮現綠色的笑容圖樣；
輕微發燒是橘色的愁眉苦臉；嚴重發燒則是紅色的哇哇大哭。
『謝謝。這量得準嗎？』
「準！寶島買的。如果身體有些不舒服，要記得量哦。」

後來她又想到一個方法抒解我的苦悶。
那就是她會告訴我，她昨晚為我彈了哪首歌。
「昨晚為你彈的是《Paloma blanca》，白鴿。

   I'm just a bird in the sky

   Una Paloma blanca

   Over the mountains I fly

   No one can take my freedom away……」

我回家後便會仔細聽這首歌，然後身心都覺得痛快淋漓。
就像歌詞中所描述飛越群山的白鴿一樣，沒有人可以奪走我的自由。

不管是旋律非常溫柔的《Moon river》、《Edelweiss》（小白花）；
還是旋律輕快的《Knock three times》、《Sukiyaki》（壽喜燒）、
《El condor pasa》（老鷹之歌），她都曾寫在紙條上。
不過她最常寫在紙條上的，還是Joan Baez的歌。

我常邊聽錄音帶，腦海中邊幻想她抱著吉他自彈自唱的模樣。

久而久之，我忘了她其實只是「寫」在紙條上，而非真的彈給我聽。

我甚至還會跟她點歌。

『彈彈《Jackaroe》吧，這也是Joan Baez的名曲。』

「這首歌太悲傷了，不適合你。」

『《Donna Donna》也帶點小小悲傷，妳還不是照樣彈給我聽？』

「《Donna Donna》不同，起碼歌詞中還有嚮往自由的意思。

　而《Jackaroe》的旋律和歌詞，都有一股化不開的悲傷。

　我怕你在物理考不好的心情下聽這首歌，會想跳樓。」

『那麼彈《Diamonds and Rust》吧。』

「《Diamonds and Rust》要等我們見面時，才彈。」

萬一我們沒有見面……

才剛在紙條上寫下這些字，突然覺得不妥，趕緊將字劃掉。

字雖然劃掉，但還是看得出來寫過什麼字，

於是我又在字上面亂塗亂畫，直到完全看不出寫過什麼字才停止。

她似乎打從心底相信我們一定會見面，可是我的想法實際多了。

何時見面？在哪見面？怎樣見面？

還有最重要的是，為什麼見面？

如果見面只是為了滿足彼此的好奇心，那就未必要見面了。

而且見面後要說什麼？做什麼？

如果要說什麼，在紙條上就可以說，還可避免緊張說不出話的窘境。

至於要做什麼，以我這種普通高中生僅有的浪漫情懷，恐怕只會說：

我可以約妳一起去騎腳踏車嗎？

我不想又回到「見面」這個有點尷尬的話題，便在紙條上寫：

　　『那妳千萬要記得喔。』

「我不會忘的，你放心。幹嘛把寫錯的字塗得這麼黑，很醜耶。」

　　『因為我要殺掉一句成語裡面的兩種動物。』

「什麼意思？我看不懂。」

　　『毀屍（獅）滅跡（雞）。』

「夠了，太冷了。」

我其實是想見她的。

只是我不知道，這種「想」是屬於好奇的想？還是渴望的想？

而且我也不想去想這種想到底是哪種想，因為我想念書。

想念書的「想」，是不得不渴望的想。

17歲的我，只知道把握時間念書，不知道要把握別的。

也不知道還有什麼是該把握的。

我只是珍惜且習慣與她通紙條的日子，沒想太多，也沒想以後。

「以後」這名詞對現在的我是毫無意義的。

如果它要有意義，只在明年七月二號聯考完之後。

從現在到聯考之間，我只有念書，沒有以後。

所以就這樣吧，腦筋留給物理、化學和數學。

梅雨季節開始了，她說下雨天總讓她上課遲到，所以她討厭雨天。

『可是我很喜歡雨天耶。』

「你為什麼會喜歡雨天？」

『因為妳討厭雨天，我如果說我也討厭，那我豈不是很沒有面子。』

「你真的不是普通無聊。」

有天我頂著大雨上學，走進教室脫掉雨衣，整理完一臉狼狽後，

低頭看見抽屜內的紙條上寫著：

「人皆見花深千尺，不見明台矮半截。這是什麼意思？」

看到這兩句話時，我琢磨了許久還是搞不清楚。

說對句不像對句，看來也不像是詩句，而且意思有些模糊。

『我不太懂。這兩句話出自哪裡？』

「你怎麼會不懂？這是你說的話呀。」

『啊？我什麼時候說過這兩句話？我完全沒印象啊。』

「上禮拜你出現在我夢中，說了這兩句話後就不見了。沒想到你竟然
　　不知道這兩句話的意思，這就怪了。」

『是妳做的夢，我如果知道才是奇怪吧。』

「雖然是我做的夢，但卻是從你口中說出那兩句話呀。」

『我昨天也做了個夢。夢裡妳說妳欠我的一萬塊，過兩天會還我。』

「胡說什麼，我什麼時候欠你錢？」

『雖然是我做的夢，但卻是從妳口中說出妳欠我一萬塊。』

「好，我錯了。我不要把我的夢當真。」

『對了，妳夢裡的我，長怎樣？』

「就一般高中生的長相。你們高中生理了平頭後，幾乎都一個樣。」

『我不一樣。有一對劍眉、深邃的雙眸、英挺的鼻子、堅毅的下巴。』

「喂，請不要在紙條上寫言情小說的對白。謝謝。」

『妳們補校學生沒有髮禁？』

「當然沒有。班上很多同學都在工作了，難道教育部還會規定我們
　這些晚上來念書的人去理個平頭或西瓜皮嗎？」

她可以想像我的模樣，大約是頂個平頭、帶副近視眼鏡的書呆子。

我卻連她的頭髮是長或短、是直或捲都不知道。

或許因為這樣，所以她曾夢見我，我卻從未夢見她。

我做的夢大致上只有兩種：美夢與惡夢。

惡夢就是落榜了，我站在懸崖邊準備自由落體運動，而且沒人拉我。

美夢則精彩多了，通常是考上台大醫學系這種諾貝爾等級的科系。

然後一個中年男子牽著一個青春亮麗的女孩來找我。

「這是一千萬，請你點收。」中年男子說。

『才一千萬。』我的語氣很不屑。

「是美金啊！」他的語氣近乎哀求，「拜託你，跟我女兒交往吧。」

『好吧。』我嘆口氣，『勉為其難了。』

然後我會在他和那個女孩都感動得痛哭流涕的聲音中醒過來。

這種夢有意義多了，而且是具有建設性與前瞻性的夢。

『那兩句話的意思，也許是說花兒不管長在哪、長多深，人們都會

　看見。但就在身旁明顯陷下去半截的平台，卻沒人發現。』

「是嗎？有些虛無縹緲耶。」

『原諒我，我盡力了。我真的很難理解那兩句話。』

「不用多想了。或許將來某天，我們會知道那兩句話的涵義。」

其實也無暇多想，學期只剩不到一個月了。

學校要為即將畢業的高三生辦個康樂節目，由高二生負責表演。

我們班上照例用推舉方式選出具表演天分的同學，不，是替死鬼。

結果我和坐我右手邊的同學，非常榮幸能擔負這項神聖的任務。

我右手邊的同學捶胸頓足哭喊：為什麼！

我拍了拍他肩膀，說：『我們應該是在打籃球時，踩了別人的腳。』

上台表演時，我背靠著牆讀書，帽子摘下，帽口朝天放在身前。

讀了一會累了，便睡著了。

我同學從左邊走過來，看了我一眼，丟了個硬幣在我帽子內。

然後他又從右邊走過來，再丟了個硬幣在我帽子內。

因為只有兩個演員，所以他不斷由左到右、由右到左走動。

最後我醒過來，看到帽子裡有好多硬幣，於是握緊拳頭激動地說：

『果然是書中自有黃金屋啊！』

我們簡單謝個幕便匆匆跑走，一來還要趕著上課；

二來台下高三學長的眼神似乎是想衝上台扁我們一頓。

很不幸的，當我們跑回教室時，因為遲到而被老師痛罵一頓。

老師竟然忘了有這個節目，也忘了是他叫我們去表演的。

但我們連回嘴都不敢。

我把表演書中自有黃金屋的過程寫在紙條上，她說很有趣。

「那書中自有顏如玉該怎麼表演？」

『叫個可愛的女孩搖醒我，然後說：同學，別在這睡覺，會著涼的。

　我醒來就會激動地說：果然是書中自有顏如玉啊！』

「為什麼不這麼演呢？」

『妳忘了嗎？我們學校是男校，沒半個女孩啊。妳又不能來演。』

「我一想到這個表演的畫面，就笑個不停呢。台下的反應如何？」

『台下的高三學長，大多手裡拿著英文單字卡背單字，沒人認真看

　表演。我們表演完後，一片寂靜而且蕭殺。』

「唉，高三生放鬆一下會死嗎？」

『不能怪他們。換作是我，我也會選擇背英文單字。』

「你快升高三了。不要嫌我囉唆，聽我的勸，別把自己繃得太緊。」

如果是別人說這種話，我會認為是風涼話。

然而從她手裡寫下的字，我打從心底認為是種關心。

雖然我絕對無法做到，但我依舊感激。

我突然有種焦慮感，不是因為升上高三後壓力更重，
而是升上高三後要換教室。
如果換了教室，我和她還會在同一間教室嗎？
還會嗎？

6.

今年的第一個颱風來襲，剛好在禮拜天。

我心裡還在擔心換教室的事，窗外轟然作響的雷嚇了我一跳。

窗外風雨交加、烏雲密佈，我心裡突然劃過一道閃電：

校門口的相思樹！

校門口附近有株相思樹，傳說中偶爾會掉下相思豆。

很多學生要走進學校上課前都會低頭，不是因為對知識謙卑，

而是為了尋找是否有掉落的相思豆。

只可惜校門口總是人來人往，除了學生會進出外，還有附近的居民。

如果地上有相思豆，早就被撿光了。

我還沒聽說有哪個同學撿到這傳說中的相思豆。

但現在不同，颱風天又逢星期日，沒有人會跑去撿相思豆。

而且外面狂風暴雨，應該會打落一些相思豆吧？

我立刻拿起傘，衝出家門，在風雨中搖搖晃晃來到校門口相思樹下。

雖是下午兩點左右，但四周一片昏暗，根本看不清。

剛剛太心急了，應該帶著手電筒才對。

我在地上摸索著，樹下一片狼籍，殘紅碎綠還有樹枝。

半個多小時過去了，雨傘也早開花，渾身都溼透了。

終於在落葉堆中找到一個半開的豆莢，掰開一看，有兩顆豆子。

一顆通體紅透，另一顆還帶著一小點綠。

我得意萬分，不禁仰天長笑，喉嚨進了雨水也不管，反正四周沒人。

我將這兩顆相思豆包好，星期一早上帶去學校。

我上學時很開心，邊走邊吃吃地笑，等紅燈時也是。

雖然這東西沒什麼了不起，但據說女孩都喜歡這種虛無縹緲的東西。

『嘿，送妳一樣東西，昨天在校門口的相思樹下撿的。』

「是相思豆耶，謝謝。告訴你哦，我有一條相思豆手鍊，墾丁買的。
豆子是飽滿厚實的心型，顏色鮮紅，而且豆子內圈又有心形曲線，
可謂內外雙心、心心相印。人家都說相思豆質地堅硬，色澤紅艷，
歷久不褪，是永恆愛情的象徵呢。」

看她的文字語氣，應該是很興奮，但我卻絲毫沒有興奮的感覺。

她已經有條閃閃發亮的相思豆手鍊了，我竟然還送她一顆色澤暗紅、
另一顆還未完全成熟的相思豆。

蠢啊，真是蠢。我狠狠敲了一下自己的腦袋。

『妳的相思豆手鍊一定很漂亮。』

「再怎麼漂亮，也比不上你送我的這兩顆相思豆。」

『妳不用安慰我。』

「安慰？為什麼這麼說？」

『沒事。這個話題就到這裡吧。』

「喂，我想起了一首詩。

　笑問蘭花何處生，蘭花生處路難行。

　爭向鬢際插花朵，泥手贈來別有情。」

『我資質駑鈍，不懂。』

「一般人會在花店買漂亮的蘭花，並深情地將花插在女孩子鬢髮上。

　但有些笨蛋會親自走了崎嶇的山路去摘蘭花，於是雙手沾滿污泥。

　因為怕自己的手髒，便不敢把花插在女孩子的鬢髮上，只能用沾滿

　污泥的手獻上蘭花。你在颱風天裡還特地到校門口為我撿來這兩顆

　豆子，雖然豆子不漂亮，但可貴的並不是豆子，是你的『泥手』。

　我很感動，真的。還有，你沒淋溼吧？」

看到這些文字時，我應該臉紅了。

只好裝作若無其事，寫下：

『我只是颱風天閒閒沒事幹，走到校門口剛好看到地上有兩顆相思豆

　而已。身上也不怎麼溼，妳別放在心上。』

「我會好好收藏這兩顆相思豆。對了，相思樹結的豆子不叫相思豆，

　相思豆是孔雀樹結的豆子。所以相思豆又叫孔雀子。」

『孔雀樹結的豆子叫相思豆，那相思樹結的豆子叫什麼？』

「笨，當然叫孔雀豆呀。這叫易子而叫（教）。」

『原來如此。』

「我隨便說說你也信。我不知道相思樹結的豆子叫什麼。」

相思樹結的豆子叫什麼並不重要，重要的是我撿了兩顆相思豆送她。

而且她喜歡。

我並不知道爲什麼會有在颱風天跑去撿相思豆的衝動；

也不知道原來校門口那棵樹不叫相思樹，而是孔雀樹。

我只知道她是眞的開心，而我也因她的開心而開心。

這種開心，比數學考一百分還開心。

我相信她一定會好好珍藏那兩顆相思豆，因爲她說她會。

她也說相思豆是永恆愛情的象徵，但我和她都只是17歲的高中生，

「永恆」離我們太遙遠；「愛情」對我們而言又太陌生。

我不由得感到好奇，我和她之間是友情？還是愛情？

而且，會永恆嗎？

「明天就要開始期末考了。你猜猜我昨晚爲你彈什麼曲子？

　是一首愛爾蘭民謠，《Danny boy》。

　Oh Danny boy, the pipes, the pipes are calling

　From glen to glen, and down the mountain side

　The summer's gone, and all the flowers are dying

　'Tis you, 'tis you must go and I must bide……」

　　　噢，丹尼男孩，笛聲正在召喚。

　　　穿越山谷之間，到山的另一邊。

　　　夏天已經走遠，花兒也已凋謝。

　　　你必須要離開，而我只能等待。

她比我早一天期末考，讓我略感驚訝；

但令我更驚訝的是，她曾說過不為我彈悲傷的曲子，

而《Danny boy》在我聽起來是首悲傷的曲子。

《Danny boy》的旋律悠揚淒美，如果在寂靜的夜裡細細聆聽，

很容易被歌詞打動，甚至會有掉眼淚的衝動。

難道我和她對這首歌的認知不同？

雖然納悶，雖然隱隱覺得不安，但期末考對學生而言太重要了。

所以我全部的心思還是放在期末考上，我認為她應該也是如此。

於是我在紙條寫下：

『我明天才開始期末考，比妳晚一天。我們都加油吧。』

> 然而當你在夏天來到草原上的時候回來，
>
> 或是在山谷一片寂靜，且因雪而白頭的時候回來。
>
> 不論在陽光下，或在陰影中，我都會在這裡等你。
>
> 噢，丹尼男孩，我是多麼愛你。

「期末考考完，你就升上高三了。就像你說過的，你即將進入地獄的

　最下層。但我還是想提醒你，心不要讓課本和參考書佔滿，在心裡

　留些空間給自己。」

只要一想到即將升上高三，整個人便覺得血脈賁張。

一旦升上高三，我想我一定隨地隨地都處於精神緊繃的狀態。

但眼前期末考這關得先過，暫時無暇想到其他。

想了一會後，我寫下：

『嗯。我盡量。如果我開口閉口都是聯考，也請妳勸勸我。』

> 如果你回來時，花兒全都凋謝了。
> 而我已經死去，或許死得很安詳。
> 你將會前來，找到我長眠的地方。
> 跪下來跟我說聲再會。

「雖然這樣說你可能會不高興，不過我還是想說。在我心裡，你就像
　鑽石一般閃亮，而我這個補校生卻只像鐵鏽。所以你要加油，將來
　一定會金榜題名。」

她用了Joan Baez的《Diamonds and Rust》做比喻。

聽過這首歌故事的我，不免覺得臉紅心跳。

在我17年來的青澀歲月中，從未有過像現在這種心跳雖然加速，

但心卻很柔軟的感覺。

『不要看輕自己，別再把自己比成鐵鏽。妳知道嗎？其實在我心裡，
　妳也像鑽石一樣，而且妳的克拉數還比我多。』

> 我會傾聽，即使你只是很輕柔的踩在我上面。
> 如果你沒忘記低聲跟我說你愛我，
> 我所有的夢將會更溫馨而且甜蜜。
> 那麼我會在平靜中安息，直到你來到我身邊。

「或許將來某天，你突然心血來潮想看看高中的你寫些什麼東西。

　所以我把我們這段時間內所寫的紙條，影印了一份給你。」

期末考最後一天，抽屜內的紙條這樣寫著。

而且紙條下面放了一疊紙，約有40張。

我拿起那疊紙，首先映入眼簾的，是第一張紙左上角的空白處。

她寫下：

「佛說前世五百次回眸，才換來今生擦肩而過。

　我相信，我們前世一定回眸超過五百次。

　所以我不要跟你道別、也不要跟你約定。

　將來某天，我們一定會再見面的。」

她大概忘了，我們從未見面，根本不需要「再」。

而且我們都不知道對方的名字，即使將來有緣碰面甚至產生戀情，

但只要我們都沒提及那段通紙條的往事，

誰曉得誰是誰？

我腦中背得滾瓜爛熟的數學公式，突然變得模糊。

我沒時間細看，立刻從書包裡抽出一張白紙，在紙上用力寫下：

『我可以見妳嗎？』

字體比平常的字體大三倍。

鐘聲響了，考試要開始了，我卻還呆坐著。

鄰座同學搖了搖我肩膀，提醒我該把書包拿到外面走廊。

我站起身，發覺腿有些軟，又頹然坐下。

在那瞬間，我覺得期末考一點都不重要，也沒有意義。

考完試回家，照理說應該可以稍微喘息，因為明天放假。

但我無法喘息，呼吸更加急促。

我整夜播放《Danny boy》當背景音樂，像著了魔似的。

我一張張細看那40張影印了我和她對話的紙，內心激動不曾平靜。

看到塗黑的部分，那是「萬一我們沒有見面」的偽裝，我開始悔恨。

根本不是萬一啊，只要不把握，所有東西都會離開。

雖然已放假，雖然知道機會渺茫，我隔天一早還是跑進教室。

教室內空無一人，我走到座位緩緩坐下，低頭一看，

抽屜內的紙條，只有『我可以見妳嗎？』，沒有她的字跡。

我拿出筆，在紙上不斷寫著：『我可以見妳嗎？』

一遍又一遍，寫在紙條上任一處空白。

紙條寫滿幾乎看不見空白後，我停下筆，靜靜看著紙條。

我突然覺得整著世界在飄動、在搖晃。

然後從心底湧上一股濃烈的悲傷，源源不絕，幾乎把我淹沒。

我想，我應該哭了。

7.

升上高三，我換了間教室上課，從此以後不會再有人跟我共用抽屜。

因爲我們學校一個年級有20班，補校一個年級卻只有6班，

每升一個年級，我們便會換棟樓，但補校高一到高三都在同一棟樓。

當我到另一棟大樓上課時，她也換了教室，但依然在原來的大樓。

簡單地說，在空間的座標上，我們不再重疊於相同的點。

沒有她的高三歲月，就像地獄裡沒有地藏王菩薩。

我只能忍受酷刑苦等投胎轉世的日子來到，沒有人可以度化我。

我常拿出那些影印紙來看，內容幾乎都能倒背如流。

雖然聯考並不會考，但我記的比任何科目還熟。

高三教室的黑板左上角，總是用紅色粉筆寫了個數字。

那是代表距離聯考還有多少天。

別的同學瞄到時，或許會心生警惕；但我看到那紅色數字時，

常會莫名其妙想起她。

然後黑板會浮現紙條上的文字，我常因此在課堂中失神。

有天我心血來潮，或者該說是一時衝動，我放學後還待在校園。

我走到念高二時的那棟樓下，等待補校學生來上課。

快到6點時，補校學生陸陸續續走進那棟樓的教室。

『或許我可以遇見她！』
我心裡這麼想，心跳漸漸加速。

心跳只加速一會，突然被緊急煞住。
因爲這時我才想起，我根本沒看過她，甚至連名字和班級都不知道。
我以前的想法沒錯，如果有人在放學後的校園內悠閒欣賞黃昏，
那麼他一定是在升學壓力下崩潰了，或是瘋了。
某種程度上，我應該是崩潰或是瘋了。
那天補習班的課，我也忘了要去上。

高三下學期，教育部解除髮禁，我的頭髮終於不再像刺蝟。
我發覺我比古龍好一點，起碼「髮禁」還會再出現於小說中。
偶爾我會想，我頭髮已經變長了一些，她還會認得我嗎？
但隨即啞然失笑，我們從未見面，何來認不認得的道理。

既然不曾記得，那就無法忘記。
即使已進入聯考前一個月的最後衝刺階段，我還是會想起她。
她借我的錄音帶，我來不及還她，每當夜晚在書桌前念書時，
我總喜歡聽她的錄音帶。
有時腦海中會幻想她抱著吉他自彈自唱《Diamonds and Rust》。
「好聽嗎？」
我幾乎可以聽見她這麼問。

聯考放榜了，我考上成功大學，不僅跟母校在同一座城市，

而且就在母校旁邊。

我因而常經過母校，偶爾會遙望高二時上課的那棟樓。

那棟樓似乎是我對母校僅有的記憶。

念大一時，班上還有兩位女同學；大二時，她們都轉系了。

我此後的青春就像武俠小說，在身邊走來走去的，幾乎都是男生。

日子久了，我開始對跟我不同性別的人類產生疑惑。

每當在校園中看見女孩，心裡總會依序浮現：

『這是美女嗎？』、『這應該是美女吧？』、『這該不會是美女吧？』

這三種層次的問題。

幸好我們會想盡辦法認識女孩子，比方交筆友或是辦聯誼。

我一共交過三個筆友，每次都無疾而終，也都沒見過面。

交第一個筆友時，我很興奮，因為這讓我聯想起她。

只可惜寫信跟寫紙條的差異頗大，信幾乎算是一種文章，像作文。

不像紙條上的天馬行空，甚至是隨手塗鴉。

第一個筆友是個有點嚴肅的女孩，信裡常說些人生哲學之類的。

「如果希望西瓜吃起來更甜，卻要加鹽。人生就是如此。」

太深奧了，也非常虛無縹緲。

我的人生哲學簡單多了，就是天天沒事做，永遠有錢花。

第二個筆友是個活潑得過了頭的女孩，通常會在信的開頭寫：

「乾柴兄你好，我是烈火妹。」

我畢竟算是忠厚老實那型，打死也說不出：

『讓我們燃燒吧！』

第三個筆友應該很小氣，總會在信封的郵票塗上一層透明膠水，
這樣蓋郵戳時，只會蓋在乾了的膠水上。
把郵票從信封剪下，在水裡浸泡一會，可以撕下郵票表面的膠水。
我們通了幾次信，每次都用同一張郵票。

記得我跟她通紙條時，見面這種話題都會被巧妙迴避。
但不管我跟哪個筆友通信，我們都會大方談論「見面」這話題。
只可惜她們跟我都不在同一座城市，可能是因為懶或是少了點衝動，
最終都沒能見面。
久而久之，寫信的興致淡了，就斷了來往。
她們寫來的信，我沒留著，連怎麼不見的都不曉得。

大學時的聯誼活動去過好幾次，每當認識很不錯的女孩，
聯誼結束後便想採取行動。
有人說最好的男人讓女人衝動；次一等的讓她們心動；
一般的男人讓女人感動。
但無論我怎麼做，女孩們卻都不為所動。

我曾在聯誼完後鼓起勇氣打電話約一個女孩子吃飯或看電影，
對方回答：「真不好意思，我已經答應別人了。」
也曾經寫信給一個在聯誼中跟我還算談得來的女孩子，對方回信說：

「還君明珠雙淚垂，恨不相逢未嫁時。」

換句話說，聯誼完後，故事就結束了，連名字也沒留在記憶中。

大學畢業時，已是1990年代初期。

我繼續念研究所，雖然課業較重，但還是有跟女孩的聯誼活動。

可能是年紀稍長，比較懂得跟異性相處；也可能是運氣變好了，

在研究所的聯誼活動中，我先後認識了兩位女孩。

她們還差點成了我的女朋友。

第一個女孩話不多，外表很文靜，但似乎有些多愁善感。

有次我們在街上散步時，文靜女突然停下腳步，眼眶泛紅。

『妳怎麼了？』我問。

「你不覺得今天太陽的顏色，很令人傷感嗎？」文靜女回答。

另一次則是在郊外踏青，空氣清新，涼風徐徐，景色優美。

文靜女卻突然流下眼淚。

『妳又怎麼了？』我問。

「是春天！」文靜女回答，「是春天讓我流淚。」

我覺得跟這樣的女孩在一起，壓力太大了，於是沒多久就斷了。

第二個女孩長得很秀氣，但個性實在是有些虛無縹緲。

秀氣女快樂時哭、生氣時哭、感動時哭、無聊時哭，傷心時卻不哭。

傷心時反而會大笑。

但秀氣女傷心時大笑的樣子實在很詭異，我只好說：

『拜託妳還是哭吧。』

「你雖然是個好人，但我們不適合。請你以後別再來找我了。」

秀氣女說完後，又是一陣大笑。

雖然跟秀氣女分開是好事，但聽到女孩子主動這麼說，還是會難過。

記得那天我回家後，把她送我的那張體溫測試卡貼住額頭。

自從她離開以後，這些年來我常有這種近乎無意識的動作。

但以往都會浮現綠色的笑容圖樣，這次卻是橘色的愁眉苦臉。

不知道這是因為身體著涼？

還是心裡受寒？

不曾被教導該如何跟異性相處，於是只能摸索著前進。

這期間或許受了點傷，可能也不小心傷了人。

每段跟女孩的短暫故事結束後，我總會想起她。

也常幻想如果是她，故事應該可以有美滿結局。

然後我會拿出那40張影印紙，細細回憶以前的點滴。

這40張紙雖然只是文字的影印本，但其實也是記憶的影印本。

不管是三年後、五年後、十年後甚至更久以後，

只要我一看到這些文字，就能清晰記得當時的每一天、每一件事，

和每一份感動。

有些東西有生命，卻沒感情；有些東西有感情，卻沒生命。

大學裡喜歡當學生的老師是前者，

那40張影印紙則是後者。

研究所畢業後去當兵，那時研究所畢業生當的是少尉排長。
可能因為我是個溫和的排長，排裡常有弟兄跟我哭訴女友變了心。
我沒有被愛人拋棄的經驗，只能試著去體會並安慰。
然後我會慶幸我與她從來沒有在一起，自然也不存在失去的問題。

服役期間的生活很簡單也很苦悶，聽命令就是，不要去想合不合理。　
我覺得我似乎變笨了，反應也慢了，因為很少用腦筋。
只有當深夜躺在床上不小心想起她時，我才會用到腦子。
有時睡不著，我會偷偷拿出那40張紙，逐字閱讀上面的文字。
可能也因為如此，這段期間我夢見她好多次。
但夢裡她的臉孔總是模糊，清晰的只有她抱著的那把吉他。
偶爾還能在夢裡聽到吉他聲和她的歌聲。

當了兩年兵，退伍時已是1990年代中期。
這時網路正悄悄興起。
我開始上網，也因而認識了幾個網友，常跟她們傳水球。
雖然這種通訊息的方式很像高中時跟她通紙條，
但以前跟她通紙條時，十次來回需要十天；
而在網路上十次水球來回卻不到十分鐘。
感情這東西有時像葡萄汁變成葡萄酒一樣，需要時間的醞釀與發酵。
可惜網路上的東西太快了，少了時間的醞釀與發酵，
因而累積的情感，來得快，去得也快。

剛退伍時在台南找了家工程顧問公司上班，工作還算不錯，
但常需要跟包商交際應酬。
應酬的場所通常燈光有些暗、洋酒有些貴、女孩有些多。
記得第一次走進應酬場所時，一看到鶯鶯燕燕，我還嚇得奪門而出。

雖然很不適應這種應酬，但總是推也推不掉。
我只好盡量坐在角落裝自閉。
有次有個女子坐近我，滔滔不絕跟我說起坎坷的身世。
說到傷心處，哭得像死了爹娘。
「總之，坎坷呀！」
女子下了結論，又是一陣痛哭，於是爹娘又死了一次。

同事偷偷告訴我，這裡的女子喜歡跟看起來忠厚老實的男人裝可憐。
因為她們以為越忠厚老實的男人就越容易為她們散盡家財。
我同事說得沒錯，由於我長了忠厚老實的臉並坐在忠厚老實的角落，
於是我一共聽過四個女子講了四個坎坷的故事，
而且每個坎坷的故事幾乎都大同小異的坎坷。
「總之，坎坷呀！」
連結論都一模一樣。

我覺得忠厚老實的我不適合再聽坎坷的故事，於是積極準備高普考。
退伍兩年後，我考上公務人員高考，分發到台東的單位。
我離開台南，這時離高中畢業正好滿十年，離她的離去滿11年。
我在台東的日子單純而規律，畢竟是奉公守法的公務員。

單位裡很少有女同事，而且多數已婚，我只好清心寡慾。

我一個人在外面租房子住，下班回家後通常守在電視機前。
有次電視上播放《第凡內早餐》這部老電影，
當看到奧黛麗赫本坐在窗台抱著吉他自彈自唱《Moon River》時，
我竟然想起她。

我從未見過她，不知道她長得像不像奧黛麗赫本，也不期待她像。
當然更不知道她和奧黛麗赫本彈吉他時的神韻是否相同。
之所以想起她，應該是因為「坐在窗台抱著吉他自彈自唱」的畫面。
我不禁在腦海裡勾勒出將來某天見到她時，會是什麼樣的景象。
她會在我面前彈吉他嗎？
如果她會，應該是彈《Diamonds and Rust》吧。

有天晚上心血來潮，打算租些電影片來打發一個人的漫漫長夜。
在VCD出租店閒逛時，看到架上有片Joan Baez現場演唱會VCD，
我毫不猶豫租了它。
回家後立刻在電腦裡播放，快轉到《Diamonds and Rust》。

Joan Baez的頭髮變短了，而且髮色帶點灰，
已不像年輕時的一頭烏黑長髮。
雖然歲月在Joan Baez身上留下明顯的痕跡，音色也變得較低沉，
但Joan Baez依然抱著吉他站在台上自彈自唱。
當我聽到「Thirty years ago I bought you some cufflinks」時，

我又**驚**又喜，隨手從桌上拿了一張紙，在紙上寫下：

『嘿，妳說得沒錯。Joan Baez唱《Diamonds and Rust》時，
　歌詞裡的時間果然會隨著時光的改變而改變。』

但當我想把紙條放進抽屜時，卻發覺我的電腦桌沒有抽屜。
那一瞬間，我才想起這裡不是高二時的教室，而且她早已走遠。
沒想到經過這麼久，我還保有寫紙條的習慣動作。
我不禁悲從中來。

在我跟她相遇的年代，Joan Baez唱的是Twenty years ago；
如今Joan Baez已經開始唱Thirty years ago了。

8.

記憶雖然有時比想像中糟得多，但有時卻好得出乎你想像。

就像視障人士因為看不見所以聽覺比一般人敏銳；

而聽障人士因為聽不見所以視覺比一般人敏銳的道理一樣，

由於我從未見過她，紙條上的記憶便因而更鮮明。

日子一旦形成規律，那麼逝去的速度會變快，也更無聲無息。

21世紀到了，地球並未毀滅，也看不出世界末日即將來臨的跡象。

時代原本只是緩緩地向前流動，但電腦與網路科技發達後，

時代的流動卻變成洪流。

依戀在原地的人，無法抵抗洪流，只能被推著走，載浮載沉。

錄音帶被CD取代，CD被mp3取代；

錄影帶被VCD取代，VCD被DVD取代。

電話變成手機、BBS變成BLOG。

手指的功用不再是握著筆寫字，而是利用指頭按鍵。

大學聯考也不再是窄門，門已大開。

甚至「聯考」這名詞，也被「指考」取代。

將來某天，當我跟孩子說起聯考壓力的種種時，

他也許會覺得我在說猴子話。

如果我跟她在這個時代相遇，而且仍然是高二時相遇。

那麼我們大概只會通一次紙條。

「你的MSN是什麼？或是即時通？」

之後我們便不會在抽屜內通紙條，而是在電腦前利用MSN交談。

就像《The way we were》所唱的：

「如果我們有機會重來一遍，

　我們還能像從前那樣單純嗎？時間能重寫每一寸片段嗎？

　可以嗎？

　可能嗎？」

「我們回不去了。」

張愛玲在《半生緣》裡這麼說。

我和她也同樣回不去那樣的年代、那樣的情節、那樣的心情。

快30歲時到台東工作，如今也已30好幾。

單位的同事看我單身已久，生活又單純，總喜歡戲稱我為宅男。

當宅男也不錯，起碼心地很好，因為有句成語叫宅心仁厚。

同事們認為我一定很仁厚，便幫我安排了幾次近似相親的活動。

雖然我應該算是個好人，同事介紹的女孩們也都很好；

不過兩個很好的人湊在一起，未必會產生很好的結局。

就像火鍋很好、冰淇淋也很好，但冰淇淋總不能加到火鍋裡吧。

所以我跟那些女孩們，最後都沒能開花結果。

犯罪心理學家常說，連續殺人犯不管已經殺了多少人，

總是喜歡流連徘徊於殺害第一個人時的命案現場。

我的心理應該跟連續殺人犯類似，因為經過這麼多年，

我還是常想起她，也常回味那些紙條。

然而你知道嗎？

月球以每年將近4公分的速度，逐漸遠離地球。

總有一天，月球將會完全脫離地球，不再繞著地球轉。

就像久未碰面或聯絡的老朋友甚至是戀人一樣，

其實他們正一點一滴、以我們根本無法察覺的緩慢速度，

悄悄離開我們的生命。

我相信她也會如此。

俗話說：破鍋自有爛鍋蓋。

意思是再怎麼破舊的鍋子，自然會有與它匹配的破爛鍋蓋。

我也在一次偶然的機會裡，找到了我的鍋蓋。

有天同事們一起到富岡漁港吃海產，那家店之前已去過幾次，算熟。

開店的是一對母女，女兒的年紀小我幾歲，

同事們取了個「富岡之花」的綽號。

這天我們吃得晚，其他客人都走光了，老闆的女兒便來跟我們聊天。

「開海產店的，最怕碰見什麼人？」富岡之花問。

同事們紛紛回答：不付錢的人、不吃海產的人、怕魚腥味的人等等。

我同事的等級就到這裡，令人感慨。

這時我突然想起以前她也老愛問我這類題目，不禁脫口而出：

『蜘蛛人！』

所有人都嚇了一跳，於是問我：「為什麼是蜘蛛人？」

『因為蜘蛛人不吃海產。』我回答。

「為什麼不是蝙蝠俠、超人、綠巨人浩克、Ｘ戰警、火影忍者……」

有個同事很激動，大聲說：「為什麼只有蜘蛛人不吃海產？」

『蜘蛛人還會咻咻噴出很多蜘蛛絲，會把店裡弄髒。』我說，

『這些蜘蛛絲很難清掃，如果清掃不乾淨，客人會以為店裡不衛生，

　就不會再來光顧了。所以開海產店的，最怕碰見蜘蛛人。』

我說完後，所有人都張大嘴巴說不出話。

然後我那個激動的同事似乎崩潰了。

結帳時，富岡之花說要打八折。

「你剛剛的答案很無厘頭、很好笑。」富岡之花指著我，邊說邊笑，

「蜘蛛人這答案實在是……」

富岡之花笑岔了氣，無法把話說完。

在我講冷笑話的咻咻寒風中，富岡之花既沒凍僵也沒崩潰，

同事們認為我跟富岡之花一定很有緣，便想撮合我們。

當他們打聽到富岡之花還單身後，竟然去找富岡之花的母親商量。

富岡之花的母親擔心女兒的終身大事，加上對我們的印象還不錯，

便抱持著樂觀其成的態度。

我們去那家海產店的頻率變高了，每次待的時間也更長了。
富岡之花的母親會主動詢問我一些事情，比方會問我為何還沒成家？
『匈奴未滅，何以家為？』我脫口而出。
只怪我滿腹經綸，一開口便引經據典，實在是傷腦筋。
幸好富岡之花的母親似乎沒聽過霍去病，也聽不懂我在說什麼，
以為我說了句偉大的話，於是對我的印象更好了。

同事們很希望我和富岡之花在一起，這樣以後吃海產時可以便宜點。
「打鐵要趁熱、吃海產要趁新鮮。」同事們總是這麼慫恿我。
還有人主動獻策，要我租艘船帶富岡之花到海上，然後說：
「看啊！這波濤洶湧的海，就象徵著我的愛。」
會想到這種對白的人竟然已成家並且幸福美滿，而我卻是孤家寡人。
人生果然是沒有公平正義可言。

30幾歲時的戀愛情節，通常不會高潮迭起、波折不斷；
也不會有莫名其妙的三角關係或是不小心出車禍而喪失記憶。
更不可能出現當論及婚嫁後，才發現彼此是同父異母兄妹的情節。
只要談得來，個性差異不太大，修成正果並不難。

富岡之花的個性很柔順，包容心很強，能接納缺陷不少的我。
而且富岡之花既不會在春天到來時突然想流淚，
也不會哈哈大笑說：「我出車禍了。哈哈，我出車禍了。耶！」

所以我跟富岡之花的交往雖然平淡，卻始終平順向前。

記得我第一次約富岡之花看電影時，富岡之花只說：
「可不可以看午夜場電影？」
『當然可以。』我說，『妳喜歡看午夜場？』
「不。因為今天是星期六，店裡較忙。我怕我媽忙不過來。」
在那瞬間，我覺得富岡之花會是很好的伴侶。

跟富岡之花交往一年半後，我有了成家的打算。
小說中或許會出現男主角偷偷買了戒指和一大束花，
駕著小船帶著女主角航行到大海，然後單膝跪地吶喊：
「看啊！這波濤洶湧的海，就象徵著我的愛。所以請妳嫁給我吧！」
但波濤洶湧除了可以用來形容愛情，也很容易淹死人。
女主角如果夠冷靜，應該要說：「讓我們先平安回到陸地，再說。」

現實生活中，我是在剛過完農曆新年後約兩個禮拜，
有天夜裡與富岡之花並肩坐在海邊。
我們很安靜，四周也很安靜，只聽見規律的海浪聲。
我抬頭看了一眼星空，打定了主意，然後轉頭問富岡之花：
『今年秋天結婚好嗎？』
「好呀。」富岡之花笑了笑。
就只是這樣。

人生就像等待船舶進港的過程。

歷經大海的風浪後，船舶終於駛進港區，順著航道緩緩前進。

船舶越走越慢，搖晃幅度越來越小。

最終停止，下錨，不再漂泊。

然而在大海的風浪中，船舶會渴望進港停泊；

一旦進港下錨後，卻會懷念起海面上的風浪。

船舶錨定後我又想起她，便拿出那40張影印紙複習。

我突然想聽《Diamonds and Rust》，非常渴望的那種想。

雖然她的錄音帶還在，但身邊早已沒有可以播放錄音帶的東西。

我上YouTube搜尋，竟然發現今年，也就是2007年，

Joan Baez在布拉格的現場演唱影片。

Joan Baez已經66歲了，依然站在舞台上，抱著吉他自彈自唱。

年輕時清亮且餘韻不絕的高音已不復見，唱起歌來也顯得中氣不足。

當我正感慨歲月不饒人時，聽見：

「Forty years ago I bought you some cufflinks……」

我內心洶湧澎湃，非常激動。

又一個十年過去了，Joan Baez開始唱起Forty years ago。

我想見她，也想讓她見我。

當年那對共用同一張課桌椅並在抽屜內交換紙條的17歲高中男女，

他們之間那段青春往事並不是一場夢，而是真實的存在。

可是我該怎麼做呢？

我既不知道她的名字、也不知道她的任何聯絡方式，又該從何找起？

我陷入一種絕望的情緒，持續好幾天。

直到有天上班時要利用搜尋引擎找資料時，才露出曙光。

在Google的搜尋格子中，點下去不是會出現之前搜尋過的東西嗎？

那天我湊巧看到格子下面拉出的一長串東西中，出現：

「台新銀行＋金庫＋平面圖＋警衛輪班時間」

到底要幹嘛？想搶銀行金庫嗎？

果然林子大了，什麼鳥都有。竟然會有人上網搜尋搶銀行的資訊。

我突然福至心靈，把以前我跟她都百思不解的那兩句話──

「人皆見花深千尺，不見明台矮半截」當關鍵詞，開始搜尋。

沒想到竟然找到一個Blog，那個Blog首頁的描述就是：

人皆見花深千尺，不見明台矮半截。

我既興奮又緊張。

Blog主人的資料很少，只知道是女的，住在舊金山。

相簿也放上很多舊金山的照片，可惜沒有人物。

網誌裡面寫了些西洋老歌的討論文章，還有一些心情記事。

我花了三個小時看完所有文章，根本不能確定是否真是她？

只好寫封E-mail。

『冒昧打擾。「人皆見花深千尺，不見明台矮半截」這兩句，

讓我想起高中時認識的一個朋友。

不知道您是從哪聽到這兩句話？

如果方便，請告訴我，這對我很重要。謝謝。』

「這兩句話是我夢到的，不是聽來的。

您也讓我想起我高中時認識的一個朋友。

如果您是他，請輸入通關密語。」

通關密語？

我一頭霧水，又翻出那40張影印紙找線索。

看了幾頁便恍然大悟。

『19、69、10、15、22、48。』

「嘿，真的是你！

這麼多年不見，你好嗎？

時間過得真快，一晃眼我們已不再青春年少。

我現在住舊金山，已經七年了，有空歡迎來找我玩。

If you're going to San Francisco

Be sure to wear some flowers in your hair……」

果然是愛聽西洋老歌的她，隨便寫就是《San Francisco》的歌詞：

如果你要到舊金山，別忘了在頭上戴幾朵花。

『我在台東快十年了，工作很穩定。

如果妳來台東，頭上不必戴朵花，我還會請妳吃釋迦。

我去舊金山的機會較少，我比較可能去休士頓。
美國太空總署想找人登陸火星，我擔心會找上我。』

「你還是一樣愛講零分的冷笑話。
　我在這裡的生活算悠閒，還不錯。
　美國的治安不好，你送的防盜器很有用。
　沒想到經過這麼多年後，會突然收到你的E-mail，
　這不禁讓我想起《Diamonds and Rust》的歌詞。
　嘿，你一定仍然像鑽石那般閃亮吧。」

『我已經不像鑽石，只是冷飯殘羹。妳還彈吉他嗎？』
「這些年很少彈了。但現在我卻有想彈吉他的衝動。」
『可惜我沒耳福，無法聆聽。』
「千萬別這麼說。對了，今年剛好是高中畢業滿20年，我們班上同學
　想開同學會。今年暑假我或許會回台灣。」

『那麼或許我們會見面。』
「沒錯。或許吧。」

跟她通E-mail時，我雖然激動而興奮，但始終存在著陌生感。
直到後來，我們在E-mail的互動像寫紙條，我才找回一些熟悉。
但熟悉又如何？

高中畢業已經20年了，所以她的離去滿21年。

跟她相遇時，她是17歲的青春少女，如今她已是38歲的熟女了。

在人生最精華的21年裡，我們完全沒有交集。

我能跟她說些什麼？

遙遠的過去？東西相隔數千公里的現在？還是各自進行的未來？

我和富岡之花已有白首之約，此後的日子要相知相守。

而她或許早已結婚生子，搞不好她的孩子正處於我和她相遇的年紀。

雖然在我心裡，她的存在有特殊的意義，而且歷久彌新；

然而在她心裡呢？

那段通紙條的往事，會不會只是她人生中的小插曲？

或是早已遙遠得如同是上輩子的模糊記憶？

我還能跟她說心事嗎？

回不去了，真的回不去了。

而且我和她如果真有所謂的「心事」，也應該跟各自的愛人傾訴。

回憶再怎麼美好，也應小心收藏在角落。

緊抱著過去回憶的人，無法飛向未來。

雖然我和她都因為這種意外的重逢而興奮，但時空早已改變。

我和她在E-mail中的口吻顯得客氣，還有一種揮也揮不去的陌生感。

即使我們把E-mail當作紙條來寫，也仍然喚不回17歲時的感動。

因為我和她已不再共用抽屜了。

漸漸的，我們不再通E-mail，只保留重逢時的美好。

但我還是想見她一面。

輪到我打從心裡相信，我和她一定會見面。

她送我的耶誕卡和第一張影印紙的左上角都這麼寫著：

「佛說前世五百次回眸，才換來今生擦肩而過。」

我相信，我和她的前世一定回眸超過五百次。

所以我和她一定會見面。

一定。

9.

今年暑假，我到成大參加一個學術研討會，兩天一夜。

第一天開完會後，在成大校園內隨興漫步。

走著走著，突然想起她曾說暑假時可能會回台灣開同學會，

那麼或許她會回高中母校走走吧？

這個念頭剛起，我立刻轉身離開成大校園，走出成大校門。

在街上只走了五分鐘，便來到高中母校的校門口。

高中畢業後，雖然念大學和研究所時常經過母校門口，卻從未走進。

如今終於在畢業20年後，又走進母校。

今天是星期六，學校不上課，校園裡沒什麼人在走動，很安靜。

想起以前念書時，週休二日尚未實施，星期六還是得上課。

雖然多放假是好事，但我這些年來常慶幸那時星期六沒放假，

所以跟她通紙條的那段日子，一星期可以有六次來回，而非五次。

很多樓拆了，原地蓋起新的樓，這座待了三年的校園看起來很陌生。

唯一熟悉的，是高二時上課的那棟樓。

那棟樓依然是三層，雖然外牆刷了新的顏色，但並未改建。

夾在各式各樣新建大樓之間，這棟樓顯得老舊而突兀。

我緩緩走向它，大約還剩30步距離時，聽到一陣笑鬧聲。

在好奇心驅使下，我走近聲音傳來的方向。

聲音是從一樓某間教室傳出，我在教室外的走廊停下腳步。

教室內約有30個人，男女都有。

雖然多數看來三、四十歲，但看起來像是五十歲的人也有。

或許是以前畢業的補校學生吧。

教室內的笑鬧聲突然停止，幾秒後傳來吉他聲。

講台上有個女子抱著吉他坐在椅子上自彈自唱。

唱的是《Donna Donna》，Joan Baez的歌，

也是她學會彈的第一首西洋歌。

我微微一驚，偷偷打量這個彈吉他的女子。

這女子穿著棉布白襯衫、深藍色牛仔褲，髮型簡單而清爽，

是那種腦後打薄的短髮。

雖然看起來已經30多歲，但清秀的臉龐上透著三分稚氣。

我不知道這女子的吉他彈得有多好，但歌聲很好聽，清亮而乾淨。

雖然唱的是英文歌，但咬字和發音都很自然，不會帶著奇怪的腔調。

我聽了一會，有些入迷，一直呆立在走廊。

突然間，我的心跳加速，因為我將這女子和她聯想在一起。

會是她嗎？

莫非她們班剛好在今天選擇這間教室開同學會？

可能嗎？

我的心跳越來越快，心臟快從嘴裡跳出。

但沒多久一桶冷水便從頭上澆落。
一來利用暑假時間開同學會的人很多；
二來這間教室在一樓，而我高二時上課的教室卻在二樓。
因此我很難想像她會出現在這間教室。

《Donna Donna》唱完了，教室內掌聲雷動還夾雜著「安可」聲。

女子原本想站起身走下台，卻禁不住台下一再鼓譟，只好又坐下。
坐下的瞬間，女子略轉過頭，正好與我視線相對。
女子微微一笑，那笑容彷彿是說：「歡迎。」
也彷彿是問：「好聽嗎？」

我有些不好意思，而且一直站在走廊上似乎也不太禮貌。
我朝女子點了點頭後，便轉身離開。
走了幾步，身後再度傳來吉他的旋律和女子的歌聲。
這次是《Jackaroe》，又是Joan Baez的歌。
我不禁停下腳步。

這女子顯然喜歡Joan Baez的歌，跟她一樣。
但如果這女子真的是她，為什麼不彈《Diamonds and Rust》？
想通了這點，我頓時覺得失望。
在心裡嘆口氣後便緩步向前，身後《Jackaroe》的歌聲越來越淡。

This couple they got married

So well they did agree

This couple they got married

So why not you and me

Oh, so why not you and me……

這對戀人後來結成了連理，而且過得幸福美滿。

這對戀人後來結成了連理，為何你我不能？

為何你我不能？

她說得沒錯，《Jackaroe》的旋律和歌詞，都有一股化不開的悲傷。

以前聽《Jackaroe》時並不覺得悲傷，但現在聽來心裡卻覺得酸。

「為何你我不能？」

是啊，為什麼我和她不能在一起？

我不想陷入這種感傷的情緒中，便邁開腳步走到樓梯口，

然後快步爬樓梯到二樓。

我走進高二時上課的教室，四下看了看，好像有些變，又好像沒變。

經過這麼多年，對這間教室最深的印象，就是我的座位所在的位置。

課桌椅雖然變新了，但仍然是課桌下有空間可充當抽屜的那種桌子。

我坐在以前的座位，低頭一瞥，抽屜空空如也。

右手下意識往抽屜內掏了掏，這是以前進教室坐下後的第一個動作。

抽屜內果然沒有任何東西，只有淡淡一層灰塵。

我從皮夾裡拿出一張小紙條，在紙條上寫下：『我可以見妳嗎？』

然後輕輕放進抽屜。

雖然有些無聊，但這些年來，我老想這麼做。

開學後上課的學弟看到這紙條時，應該會嚇一跳吧。

他會像我一樣，懷疑是鬼嗎？

我直起身，輕靠著椅背，看著黑板。

21年過去了，黑板還是綠色的，卻始終叫黑板。

「你好。」

我聞聲轉頭，剛剛以吉他自彈自唱《Donna Donna》的女子，

正站在教室門口，她的吉他背在左肩。

我有些驚訝，但還是朝她點了點頭，算是打招呼。

「這是我的母校。」她說。

『喔。』我說。

「你不覺得訝異嗎？」她說，「一個女生從男校畢業？」

『這也是我的母校。』我說，『所以我知道這裡晚上有補校，而補校

有收女學生。』

「原來我們是校友。」她笑了笑。

『妳們是在開同學會吧？』我問。

「是呀。」她說。

『同學會結束了？』

「還沒。」她說，「我只是溜上來一下，想在這間教室彈一首歌。」

『彈一首歌？』

「嗯。」她點點頭。

她緩緩走進教室，四處打量一番，像我剛剛走進教室的反應一樣。

「剛剛那間教室，是我高三時的教室。」她說，「由於我們補校學生
　從沒見過下午時分的校園，便選在教室開同學會。」

『同學會的氣氛很熱烈，妳們班上同學的感情一定很好。』

「是呀。不過如果讓我選，我會選這間教室開同學會。」

『為什麼？』

「這間教室，是我高二時所待的教室。」她邊漫步，邊說：

「我對這間教室的感情很深。」

『我高二時也在這間教室上課。』我說。

「哦？」她楞了一下，然後笑了笑說：「真巧。」

她在離我三步遠的距離停下腳步。

「我可以坐你現在坐的椅子嗎？」她問。

『喔？』我有點吃驚，站起身離開座位兩步，『請坐。』

她將吉他從左肩卸下，隨手擺在身旁的課桌上，然後走近我的座位。

「謝謝。」她坐下後說，「我高二時就坐在這個位置上課。」

我原本想說：我也是。

但不知怎的，竟然有些緊張，說不出話來。

『妳的吉他彈得很好。』定了定心神後，我說。

「謝謝。」她說，「彈吉他是我念高中時的習慣，也是興趣。」

『我高中時的習慣是念書，興趣也是念書。』

「你講話的語氣，很像我高二時認識的一個朋友。」她微微一笑，
「我就是想在這間教室、坐在這個位置，爲那個朋友彈首歌。」

她右手輕輕撫摸桌面，緩緩的，如釋重負般，呼出一口氣。
略抬起頭看了看黑板，仰頭看看天花板，再轉頭看看四周的牆。
然後低下頭看了一眼抽屜。
她突然像是受到驚嚇一樣弓起身，嘴裡發出「啊」的一聲驚呼。
停頓了幾秒後，她伸手把抽屜內我剛寫的紙條拿出來。

她看了紙條一眼，隨即抬頭注視著我。

『那是我寫的。』我說，『念高二時，每天早上都可以在抽屜裡發現
有人寫紙條給我，而我也會在那張紙條上寫些字，再放回抽屜。』

「應該是跟你同一個座位的補校學生寫的。」她說。

『妳猜對了。』我說，『但我剛開始還以爲是鬼嚇我呢？』

「那是因爲你笨。」她笑了笑，「是你自己把補校學生當成鬼的。」

『只怪我抽屜不收拾乾淨。』我也笑了笑，『活該被嚇。』

她意味深長地看了我一眼，說：

「你知道嗎？我念高二時，每天傍晚匆匆進教室後所做的第一件事，
就是坐在座位上寫紙條，寫完後放進抽屜。」

『我……』我突然結巴，接不下話。過了一會，才勉強說出：

『我現在知道了。』

「就在這間教室，我認識了一個沒公德心、低級無聊的高中男生。」

『真巧。』我說，『我也在這間教室認識了一個心地善良、清新脫俗
　的補校女生。』

「可以跟你借枝筆嗎？」她問。

我將筆遞給她，她伸手接過。

她在那張小紙條上寫了幾個字，再將紙條遞給我。

紙條上在『我可以見妳嗎？』下面，有一列筆直的字：

「我也想見你。」

我們互相注視著，彼此的視線都沒離開，像正凝望著過去的青春。

雖然只有十幾秒鐘，卻像逝去的21年那樣漫長。

視線變得有點模糊時，我首先打破沉默，說：

『這間教室好像沒變。』

「教室是沒什麼變，但窗外的景色變了很多。」她看了一眼窗外。

抽屜內的時空或許停留在當年，但窗外的世界卻不斷前進與改變。

『佛說前世的五百次回眸，才換來今生的擦肩而過。』我說。

「應該是：佛說前世五百次回眸，才換來今生擦肩而過。」

她笑了笑，「你多加了兩個『的』。」

『不好意思。』我也笑了笑，『這是自從高二某次寫一萬字作文後，
　所養成的壞習慣。』

「看來那次作文，對你的影響很大。」

『沒錯。』我點點頭，『我現在寫文章會到處加「的」混字數。』

「你太dirty了。」她笑了起來，略顯稚氣的臉龐更年輕了。

『不過如果沒有那次作文，我便不會認識那位心地善良、清新脫俗的
　補校女生了。』

「如果沒認識那位女學生，你現在恐怕還是沒公德心、低級無聊。」

『應該是吧。』

「那你認為，我們前輩子共回眸了幾次？」

『詳細數字不知道，但已經確定超過五百次。』

我們相視而笑，能夠擦肩而過就不枉前世的回眸了。

「想聽《Diamonds and Rust》嗎？」她說。

『這得回眸一千次以上呢。』我說，『難怪我這輩子脖子老覺得酸，
　一定是前世回眸太多次。』

「那你聽完後，會痛哭流涕嗎？」

『一定會。』我笑了笑，『跟聽到某人的冷笑話一樣。』

她站起身，走到剛剛擺放吉他的桌邊，拉開吉他封套取出吉他。

我突然發現她的吉他封套上吊著兩顆紅豆，仔細一看，是相思豆。

她順著我的視線也看到那兩顆紅，便笑說：

「你真會撿。都過了21年了，這兩顆豆子還是那麼紅。」

我的記憶瞬間回到21年前颱風天的校門口。

耳邊彷彿響起當時的狂風怒號，渾身也有溼透的錯覺。

等我回過神，她已調好背帶，將吉他背在身前，順勢坐在課桌上。

「好多年沒彈這首歌了。」她說，「如果彈錯可別笑我。」

『妳忘了我根本不會樂器嗎？妳彈錯了我也不知道。』我笑了笑，

『妳只要小心吉他的弦，可能會斷喔。』

「嗯，因為你是英雄。」她笑得很開心，「所以我會小心的。」

然後她收起笑聲，低下頭，試彈了幾個和弦。

「我準備好了。」她抬起頭問，「你準備好了嗎？」

『嗯。』我做了個深呼吸後，點了點頭。

但當她的手指在吉他弦上劃下第一道弧線時，我突然很激動。

21年了，時間雖然像《River of no return》所唱的那樣永不回頭，

但我依然清楚記得她在紙條上告訴我《Diamonds and Rust》的故事。

《Diamonds and Rust》的吉他前奏約30秒，晚了21年的30秒。

前奏還在流轉，她還沒開口唱歌前，我已經感覺到眼角的濕潤。

「Well, I'll be damned……Here comes your ghost again……」

她才唱第一句，我的淚水便在眼眶內不安分地蠢動，差點奪眶而出。

她唱歌時的神情很平和，看不出任何波動，直到唱到那句：

「Forty years ago I bought you some cufflinks……」時，

她臉上才露出微笑。

而我始終藉著深呼吸來平息內心的波濤。

「Yes, I love you dearly

And if you're offering me diamonds and rust

I've already paid……」

吉他的旋律漸歇，然後完全靜止。

她眼裡閃著淚光，臉上卻洋溢著淡淡的滿足。

我也覺得滿足，尤其是眼眶內的水分早已飽滿。

「快上課了。」她看了看陽光射來的方向，輕輕地說。

『已經下課一會了。』我也看了一眼陽光射來的方向。

而黃昏的陽光，正斜斜的灑進抽屜，抽屜內透出一股溫暖的金黃。

～ The End ～

你該說：十年修得同船渡。

　　　　　　　　　　一個抽屜，大概也得要十個月。

　　　所以別...的淚水來吧，我原諒你了。

　你有沒有想過，三年後、五年後、十年後甚至更久以後，
　　　　　　　　你突然回過頭想看看高中的你

　　　　　　　　　　我們會見面吧。

　　　　　　　　　　　後來今生擦肩而過，

　　　那你猜猜，我...回頭了幾次？

遺

忘

1.

Written by jht

不管我承不承認或服不服氣，我應該是個平凡的人。

因為我有一張大眾臉。

有次到離家兩條街的麵攤吃飯，剛走進店門還沒坐下，老闆便說：

「好一陣子沒看見你了，最近好嗎？」

雖然我常經過這家店，但卻是第一次進來吃飯。

『還好。』我只能這麼說。

老闆不斷找話題閒聊，我只能支支吾吾回應。

結帳時老闆還熱情地拍拍我肩膀，要我以後常來。

又有一次在麥當勞門口，十公尺外一個男子向我招手後立刻跑近我。

「哇！沒想到在這裡遇見你。」他說，「最近好嗎？」

『還好。』我只能這麼說。

然後他滔滔不絕說起以前在學校時的往事，但我一點印象也沒。

最後他因為趕時間只好跟我道別，臨走時給了我一張名片。

看了看名片上的名字，我根本想不起來他是小學同學？國中？高中？

還是大學同學？

最倒楣的一次是在餐廳吃飯時，有個女孩突然出現在桌旁。

我見她雙眼直盯著我，我很納悶，也有些不知所措。

「好久不見。最近好嗎？」她說。

『小姐。我……』

「啪」的一聲，我話還沒說完，右臉便挨了一記耳光。

「你竟然叫我『小姐』！才幾年不見，你連我的名字都忘了嗎？」

『我……』

「不要再說了。我一句話都不想聽！」

『…………』

「你現在無話可說了吧？」

『是妳叫我……』

「你還想解釋什麼？」

『我……』

「我再給你最後一次機會，你真的都沒有什麼話要告訴我嗎？」

『我……』

「啪」的一聲，我左臉又挨了一記耳光。

「我不聽、我不聽、我不聽……」她雙手掩面，大哭跑走，

「不管你再說什麼，我都不會當真，也都不能再傷害我了。」

望著她離去的背影，我撫摸著火辣辣的雙頰，根本想不起來她是誰？

從頭到尾，我連一句話都沒說完，卻挨了兩記耳光。

小姐，是妳傷害我耶。

有人說這世上有三個人會長得一模一樣，但我實在無法相信這種事。

即使有，我也不相信會這麼湊巧發生在我身上。

又不是寫小說或拍電影，哪來那麼多巧合？

最合邏輯的解釋，應該就是我有一張大眾臉。

所以我提醒自己，下次如果再碰到這些狀況，為了避免發生慘案，

一定要趕緊說出自己並不是他們所認識的那個人。

不知道世上其他兩個和我長得一樣的人在做什麼，但我還滿平凡的。

大學畢業後當了兩年兵，退伍後先到台北工作。

由於始終覺得台北很陌生，三個月後便回台南工作，一直做到現在。

算了算已經六年了。

我目前還是單身，沒有女朋友，也沒有男朋友。

生活簡單，交往單純，沒什麼特殊的興趣或癖好。

如果硬要說出我的特別之處，記性不太好大概勉強可以算是。

我的記性不好。

我說過了嗎？

可能我說過了，但我真的忘了我是否說過？

如果你不介意，也不嫌煩，請容許我再說一遍：

我的記性不好。

我並非天生如此，事實上我小時候還挺聰明的。

雖然不太用功唸書，但考試成績很好，可見我那時的記性應該不錯。

直到國二發生意外後，我的記性才開始變差。

其實也不算是「意外」，只是一場打架事件而已。

說起來有些丟臉，我不是單挑惡少，也不是一群人打混仗；

而是跟個凶巴巴的女孩打了一架。

過程中我的頭撞到桌角，但怎麼撞的我記不清了。

因爲我的記性不好。

我說過了嗎？

雖然記性不好，但離健忘症還有一段距離。

只是偶爾剛起床時會想不起來昨天在哪、做了什麼？

是否殺了人或剛從火星歸來，一點也記不起來。

不知道你是否有類似的經驗，有時剛從夢裡醒來時會記得夢的細節，

但下床刷完牙後便只記得夢的輪廓，吃完早餐後夢境就會完全忘光。

只知道曾經作了一場夢。

說到作夢，從國二到現在，我倒是常作一種夢。

夢裡有個女孩總會問我：「痛嗎？」

然後緩緩伸出手似乎想撫摸我的頭，但手總是伸到一半便放下。

在夢裡她臉蛋的輪廓是模糊的，我只清楚看見她的眼神。

她的眼神非常專注卻帶點悲傷，有時還會泛著淚光。

不管作了多少次夢，夢裡那個女孩問「痛嗎？」的聲音和語氣，

都一模一樣，可見應該是同一個女孩。

但我對她毫無印象。

我並不清楚爲什麼會作這種夢，而且一作就是這麼多年。

我最納悶的是，為什麼她總是問我：「痛嗎？」

說到「痛」，我倒是想起一個女孩，她叫莉芸。
你可曾想過在煙灰缸捻熄煙頭時，煙灰缸會痛？
如果穿上刺了繡的衣服，你會感覺到衣服的痛？
莉芸就是那種覺得煙灰缸被燙傷、衣服被刺傷的人。

我住在一棟公寓社區內，這社區由A、B、C三棟20層大樓組成，
有兩百多戶住家，我住C棟17樓。

莉芸在A棟一樓開了間簡餐店，但我並非在她的店裡認識她。
我第一次看見她，是在社區管委會所舉辦的烤肉活動上。
那次烤肉的地點在湖邊，社區內的居民約100人參加。
我和莉芸剛好同組。

烤肉總是這樣的，具有捨己為人胸懷的會忙著烤肉，
童年過得不快樂的人通常只負責吃。
我是屬於那種童年過得特別不快樂的人。
「你知道人們都是怎麼殺豬的嗎？」

我停止咀嚼口中的肉片，轉過頭正好面對莉芸。
我對莉芸的第一個印象是乾淨，不論是穿著或長相。
好像飄在晴朗天空中的雲又被白雪公主洗過一樣。
我不太確定她是跟我說話，只好微微一笑，繼續咬牙切齒。

「通常是一把很尖的利刃，猛然刺進心窩，豬又驚又痛，嚎叫多時，
　　最後留下一地鮮血而死。」她注視著我，淡淡地說。
我確定她是在跟我說話，但實在很難回答她的深奧問題，只好裝死。
然後又在烤肉架上挑起一塊米血。

「這塊米血上面的血，你知道是怎麼來的嗎？」她又說。
『大概是那所謂的一地鮮血吧。』我說。
她點點頭，臉上沒什麼表情，說：「你能感覺到豬的悲憤嗎？」
『妳非得現在說這些？』悲憤的是我的語氣。

她望了望我，臉上似笑非笑，眼珠在眼眶中轉了兩圈，說：
「我只是找話題跟你聊天而已。」
我把手中的米血放回烤肉架上，然後手指跳過香腸，
拿起一根玉米，說：『這樣妳就沒話說了吧。』

她沒接話，只是又看了我一眼。
基於男性的自尊，我也沒開口另闢戰場。
時間隨著玉米粒流逝到我的肚裡，終於只剩光禿禿的玉米桿。
我站起身，假裝隨興四處走走，但視線隨時溜回烤肉架，
打算在她不注意時，以迅雷不及掩耳之勢，
奪取烤肉架上任何可能曾經哀嚎的東西。

等了許久，她依然坐在烤肉架旁。我苦無下手的機會，只好問：
『妳為什麼想跟我說話？』

「因為你總是望著遠方。」她回答。

『望著遠方？』我很疑惑，『這樣犯法嗎？』

「不。」她說，「我只是覺得，你好像努力試著記起曾遺忘的事。」

她微抬起頭，視線像貼著水面飛翔的鳥，穿過湖面到達對岸的樹。

『上禮拜公司安排員工做了次健康檢查。』我笑了笑，

『醫生說我眼壓過高，要我避免長時間看書，並多看遠處的綠。』

「原來如此。」

『那麼妳還想跟我說話嗎？』

「這不是問題。」她說，「問題是，你還想跟我說話嗎？」

『為什麼不？』

「你不覺得我是個奇怪的人？」

『不會啊。』

「說謊會短命的。」

『妳是個奇怪的人。』我馬上改口。

「跟你聊天很愉快。」她說。

『愉快？』

「嗯。」她點點頭，「收穫也很多。」

『竟然還有收穫？』

「總之，我很高興能跟你聊天。」

『說謊會短命的。』

「真的很高興。」她笑了。

我伸手往烤肉架，猶豫了三秒，在心裡嘆口氣後，還是拿了根玉米。

「其實玉米也會痛的。」她說。

『喂，妳到底想怎樣？』

「我只是找話題跟你聊天而已。」

『幫個忙。』我說，『如果妳想跟我聊天，千萬別找話題。』

「那該怎麼辦？」

『妳只要說：我想跟你說話。』

「了解。」她又笑了。

『妳也吃點東西吧。』我很好奇烤肉架上有什麼東西是不會痛的。

「我不餓。」她搖搖頭，「我是吃過後才來的。」

『啊？』我很納悶，『那妳為什麼要參加這次烤肉活動？』

「我是來重新開始。」她說。

『重新開始？』

「嗯。」她點點頭。

我搞不懂烤肉跟重新開始之間的邏輯關係，不禁又多看了她一眼。

「其實你不用太在意我所說的話。」她說。

『嗯？』

「因為我是奇怪的人。」

她笑了起來，好像真的很開心。

初秋時節，天氣還很熱，烤肉快結束了，大夥都坐在樹蔭下閒聊。

我挑了個清靜的角落坐下，才剛坐下，抬頭便看見她站在身前。

「很涼爽吧？」她說。

『是啊。』我說，『幸好有這些樹。』

「但你有沒有想過，樹木直接承受太陽的照射，會很痛。」

『不。』我說，『我聽到樹木說：照啊照啊，照死我啊，好爽喔。』

她先是楞了楞，隨即笑了起來。

「抱歉，我不該找話題。」她說，「我想跟你說話。」

我稍微往左挪了點位置，她說了聲謝謝後，便在我右手邊坐下。

「我是蘇莉芸，叫我莉芸就可以了。」她用面紙輕輕擦拭額頭的汗，

「我在社區一樓開了間簡餐店。」

『是剛開幕嗎？』我問，『我不記得社區一樓有簡餐店。』

「已經開兩個月了。」

『啊？』

「你走出社區大門時，通常往右走。」她說，「而我的店在左邊。」

『原來如此。』

「這兩個月來，你總共只經過我的店門口6次。」

『6次？』我很納悶，『妳怎麼知道？』

「有一次你停下腳步抬頭看了看店門口的樹，有兩次你放慢腳步看了

招牌一眼。」她沒回答我的疑問，臉上掛著微笑接著說：

「剩下的三次，你的腳步和視線都是向前。」

『啊？』我更納悶了，『妳……』

「我叫蘇莉芸。」她說，「你對這個名字沒有特殊的感覺嗎？」

『沒有。』我搖搖頭，『不過妳的名字三個字都是草字頭，妳應該
很適合種些花花草草。』

「你再想想看，或許你認識我呢。」

她注視著我，眼神雖然溫柔，卻帶著一點期待甚至是緊張。

『我有一張大眾臉。』我想起之前的經驗，趕緊用雙手護住臉頰，
『不管妳把我當成誰，我並不是妳所認識的那個人。』

她依然注視著我，過了一會，似乎淡淡嘆了口氣。

「有空歡迎常到我店裡坐坐。」她說。

『嗯。』我點點頭，雙手依然護住臉頰。

她站起身離去，走了三步後回頭朝我笑了笑，再轉頭走開。

上車回家時，莉芸和我同一輛遊覽車。

我看見她跟很多人熱情談笑，人緣應該很好；

不像我，獨自坐在車子最後一排的窗邊裝孤僻。

車子回到社區時，我也是最後一個下車。

左腳才剛踏上地面，瞥見莉芸站在車門旁。

「記得要來哦。」她說。

2.

雖然對莉芸的店有點好奇，但烤肉活動結束後兩個禮拜內，

我並沒有到她店裡坐坐，甚至連店名也不曉得。

因為出了社區大門後，我上班的方向要往右，機車也停在右邊，

我很難「記得」要特地左轉去她的店。

一直到某個假日黃昏，我才踏進她的店。

那天黃昏，我準備出門買點東西，剛踏進一樓大廳，便聽見有人說：

「蔡先生！」

我回頭卻看不見人影，過了幾秒才看見李太太跑來。

這就是台灣話所說的：「人未到，聲音先到。」

李太太是社區管委會主委，先生過世了，她獨自帶著兩個小孩。

她的聲音非常高亢嘹亮，現在是某個業餘合唱團的女高音。

據說原本她的聲音很低沉，但她生孩子時由於痛便在病床上大叫，

結果生完孩子後，她就變成女高音。

而且她生了兩個，一山還有一山高，她的聲音更高了。

『有什麼事嗎？』我微微一笑表示善意。

「你上個月的管理費還沒交！」李太太說。

『不好意思。』我的笑容僵了，『我忘了。』

我趕緊到管理室交了上個月的管理費，錢交完後，又聽見她說：
「這個月的管理費也順便交吧！」
我轉過頭，李太太竟然是在30公尺外開口。

把這個月的管理費也交了後，皮夾裡沒錢了，正想上樓去拿點錢時，
身旁突然出現一個女子。我看了她一眼，覺得她很眼熟。
「湖邊、烤肉、哀嚎的豬和一地鮮血。」她說。
『妳好。』我想起來了，『妳也來交管理費嗎？』
「不。我來看你。」她說，「李太太一叫，全大樓的人都聽見了。」
我有些不好意思，不知道該怎麼回應，只好尷尬地笑了笑。
「還記得我的名字嗎？」她問。

『嗯……』我想了一下，『我記得妳的名字三個字都是草字頭……』
我腦海裡浮現出「莉芸」，但她的姓我卻忘了，只知道有草字頭。
「蔡」雖然也是草字頭，但她應該不是和我一樣姓蔡，
如果她姓蔡，我一定會記得很清楚。
『啊！』我想到了，『花莉芸小姐，妳好。』
「我是蘇莉芸，叫我莉芸就可以了。」她又笑了。

我又覺得尷尬，正想解釋我的記性不太好時，她說：
「到我店裡坐坐吧。」
『可是我好像要先處理一件事。』我說。
「好像？」
『因為我現在忘了是什麼事。』

「先來店裡吧。」她說，「坐下來慢慢想。」

她說完後便轉身走出社區大門，我猶豫一下便跟了上去。

出了社區大門左轉20公尺，就到了她的店。

店門左右各有一棵茂密的樹，門口有座小花圃，種了些花草。

我抬頭看了一眼招牌，店名叫「遺忘」。

依照她的說法，我之前已看過這兩棵樹和招牌，但我一點印象也沒。

『店名有些怪。』我說。

「我原本還想取名為『忘了』呢。」她說。

『忘了？』我說，『這名字更怪。為什麼要這麼取？』

「如果我問你：你還記得我的店名叫什麼嗎？那麼不管你記不記得，
　你都會回答：忘了。」她說，「這是讓你答對店名的最好辦法。」

『為什麼……』

「因為我是奇怪的人。」莉芸笑了笑，打斷我的問句，然後推開門，

「請進。」

店門開在右邊，吧台在一進門的左邊，直線延伸到房子中間。

正面的內牆嵌進一個三尺魚缸，魚缸內約有五十條孔雀魚和燈魚，

綠色的水草茂密青翠，幾株鮮紅的紅蝴蝶點綴其間。

其餘的牆上掛了些照片，尺寸大約A4左右。

可能是現在的時間還早，店內沒有其他客人。

我選了最裡面靠右牆的座位坐了下來，打量牆上的照片。

她端了杯水放我面前，又遞了份Menu給我，然後說：

「差不多快到吃晚飯的時間了，點個餐吧。」

看了看Menu上的圖片，似乎都是滿精緻的簡餐。

我發現Menu右下方貼上「迷迭香羊排——特價」的貼紙，便說：

『那就迷迭香羊排吧。』

她收起Menu，把那張標示特價的小貼紙撕下。

『咦？妳怎麼……』我很好奇。

「迷迭香是只為你準備的。」她說。

『為什麼？』

「因為我是奇怪的人。」她笑了笑。

她走到吧台跟吧台內的女工讀生交代一會，又回到我對面坐下。

「我想跟你說話。」她說。

『請。』

「你想起要處理什麼事了嗎？」

『正在努力。』

「慢慢想，別心急。」她問：「我的店如何？」

『妳這家店不錯。』我說，『魚缸很漂亮。』

「是嗎？」她很開心，「那以後記得常來。」

『嗯。』我點點頭，『如果"記得"的話。』

她意味深長地看了我一眼，說：「我會努力幫你"記得"。」

我覺得她可能又要講些奇怪的話，便站起身說：

『不介意我四處看看吧？』

「請。」她也站起身。

我緩步走動，看了看牆上的照片，幾乎都是些生活照，很平常。

有景物照，如腳踏車、中學禮堂、7-11、醫院、公園旁的咖啡店等；

也有一群人乘坐舢舨和十幾個高中生在舞台上拿著竹掃把的照片。

還有張照片中只有一個阿兵哥的背影。

『這張照片好眼熟。』我指著一大群人站在湖邊的照片。

「那是上次烤肉活動的合影。」她指著照片中最後排最右邊的人，

「你看看這是誰？」

『咦？』我將臉湊近看了看，『金城武也有參加烤肉活動嗎？』

「你少來。」她說，「那就是你。」

『太久沒看自己的照片了。』我說，『沒想到我這麼像金城武。』

「我覺得你比較像劉德華。」

『中肯。』我點點頭，『我只能含著眼淚承認：妳說得沒錯。』

左側後牆嵌進一個木製三層書架，但書架上連半本書或雜誌都沒有。

『書架上沒有放任何東西，這是一種境界啊。』我說。

「你記不記得烤肉時，我說：跟你聊天收穫很多？」她說。

『忘了。』我有點不好意思。

「那時你告訴我，你的眼壓過高。這就是我的收穫。」她笑了笑，

「既然已經知道你眼壓過高，要避免長時間看書。所以我把所有的書

都搬走了，不讓你看。」

女工讀生正好端出迷迭香羊排放在桌上，我便走回座位坐下。

『請問有刀叉嗎？』我環顧桌面，只看到筷子和湯匙。

「沒有。」

『啊？』

「除了特價餐外，其餘都是中式簡餐，不需要刀叉。」

『可是……』我看著那一整塊羊排，不知從何下手。

「你不覺得用刀切割或用叉子刺進羊排時，羊排會痛？」

我睜大眼睛看著她，不知道該接什麼話。

「你牙齒很利的。」她笑了笑，「你可以直接用牙齒扯下甘蔗皮。」

『妳怎麼知道？』

「因為我是奇怪的人。」

我在心裡嘆口氣，看來只好用我靈巧的雙手和銳利的牙齒了。

「我可以陪你吃飯嗎？」她問。

『陪我吃飯？』

「嗯。」她說，「只是單純不想讓你一個人吃飯。」

我先是一楞，隨即點點頭。

她似乎很開心，走到吧台端了份餐，再走回座位坐下。

吃飯時我們很安靜，沒有交談，她果然只是陪我吃飯。

陸續走進兩桌客人，但她沒有起身，也沒停止用餐，根本不像老闆。

當我吃完飯時，她才開口問了一句：「好吃嗎？」

『帶有清涼薄荷香氣的迷迭香，香味很濃郁，這和具強烈氣味的羊肉

是絕配。』我說，『很好吃。』

「要來杯咖啡嗎？」她笑了笑後，問。
『我記得Menu上面完全沒有咖啡啊。』
「這不是問題。」她站起身，「我請你喝杯咖啡。」
她走回吧台，從冰箱拿出一壺東西，我想應該是冰咖啡吧。
雖然我通常只喝熱咖啡，不過既然是人家請客就別挑剔。
過了一會，她端出兩杯咖啡，先放一杯在我面前。

我立刻端起咖啡，耳邊聽到她驚呼一聲，在咖啡正滑進喉嚨之際。
『啊！』我趕緊將咖啡杯放下，搧了搧舌頭，『怎麼會是熱的？』
「沒人說是冰咖啡呀。」
『可是……』
舌頭有些燙，我話沒說完，又搧了搧舌頭。
她慌張地跑進吧台內拿了些冰塊，我拿一塊塞進嘴裡。

「痛嗎？」她雙眼直盯著我。
我嚇了一跳。
她的聲音和語氣甚至是她的眼神都很熟悉。
那是我長久以來所作的那個夢裡的女孩啊。
我驚訝得說不出話。

一直到口中的冰塊完全融化，我都沒開口。
她也沒開口，只是靜靜注視著我。

我試著將她和夢中的女孩連結，卻找不出兩者之間的關係。

我心裡很慌亂，完全無法靜下心思考，或是回憶。

『我該走了。』我最後決定站起身。

她站起身，送我到門口。

走出店門十幾步，才想起忘了付錢，趕緊折返走回店裡。

『不好意思，忘了付錢。』我勉強笑了笑，『還好記性不算太差。』

「沒關係。」她說。

我掏出皮夾後，只看了一眼，便恍然大悟。

『我終於想起來要處理什麼事了。』我應該臉紅了，低聲說：

『交完管理費後，身上沒錢了，本來想先去拿錢。但是……』

「下次再一起給。」她笑了笑，「我不會算你利息。」

『我馬上回家拿給你，免得我忘記。』

「別擔心。我會記得。」她說，「你不必特地再跑一趟。」

『可是……』

「你忘記的事，我會記得。」

她微微一笑，打斷我的話。

我覺得這句話好像有弦外之音。

走回家的路上、坐電梯途中，腦海裡一直盤旋著她說的那句：

「你忘記的事，我會記得。」

進了家門，洗個澡後覺得累，便躺在床上。

然後我突然想起一件事：我今天黃昏到底要出門買什麼？

3.

原本隔天就該去還錢，但你知道的，我的記性不好。

所以第二次走進莉芸的店是在三天後，剛下班回到社區時。

我在社區大門碰見李太太，由李太太聯想到錢，再由錢聯想到莉芸。

我沒上樓回家，直接走向她的店，走到離店門口還有三步距離時，

莉芸突然推開店門，探出頭說：「歡迎光臨。」

『妳有裝監視器嗎？』我笑了笑。

我走進店裡，依然選了最裡面靠右牆的座位。

餐桌鋪上淡藍碎花桌布，再用透明玻璃壓住。我發現壓著一張紙，

寫上：「如果人生沒有錯誤，鉛筆何需橡皮擦？」

正在品味這段話時，莉芸拿著Menu遞給我。

『這段話似乎有點哲理。』我指著桌上那張紙。

「是呀。」她說，「如果不重要的記憶也能用橡皮擦輕輕抹去，那麼
人們應該會很輕鬆。」

『妳的話比較有哲理。』我笑了笑。

我打開Menu，右下方又貼上「迷迭香雞排——特價」的貼紙。

『那就迷迭香雞排吧。』

她收走Menu，走回吧台跟女工讀生交代一會，又帶著笑容走向我。

「我想跟你說話。」她說。

『請。』

「你今天上班沒發生特別的事吧？」她在我對面坐下。

『嗯……』我想了想，『我今天知道有個女同事懷孕四個多月了。』

「然後呢？」

『但我不知道孩子的父親是誰。』

她笑了起來，說：「那麼說說你知道的吧。」

『我只知道孩子的父親不是我。』

她又笑了起來，而且越笑越開心，我發覺除了她的人很乾淨外，

她的笑容也很乾淨，像白雪公主剛洗完臉後的笑容。

「你還記得我叫什麼名字嗎？」笑聲停止後，她問。

『妳的名字三個字都是草字頭……』

說到這裡，我發覺竟然又忘了她的姓。努力回憶了一下後，說：

「薛莉芸？」

「我是蘇莉芸，叫我莉芸就可以了。」

『抱歉。』我笑得有些尷尬，『我的記性不好。』

「你記得我叫莉芸，我就很高興了。」她笑了笑，

「以後就叫我莉芸，別管我姓什麼了。」

「我可以陪你吃飯嗎？」她又問。

『妳這家店總是提供陪客人吃飯的服務嗎？』

「你一個人吃飯，會很寂寞的。」

我看了看她，突然有種說不出的奇怪感覺，便出了神。

「可以嗎？」

『喔。』我回過神，『當然可以。』

她立刻起身回到吧台。過了一會，跟女工讀生各端了一份餐點走來。

這次吃飯我倒是跟她聊了幾句，通常是我開頭，她回應。

如果我沒開口說新話題，她會保持安靜。

客人又陸續走進店裡，約有三桌，女工讀生忙進忙出。

但她始終坐著陪我用餐。

『妳請的女工讀生很能幹。』我說。

「她不僅能幹，而且任勞任怨，完全不拿薪水呢。」她說。

『啊？』我差點噎著了，『這怎麼可能？』

「因為她是我妹妹。」

『原來如此。』我笑了笑。

「其實我妹妹三年前就見過你。」她突然說。

『可是我沒見過她。』我仔細看了看正在吧台忙碌的女生，

『我說過了，我有一張大眾臉。』

「不。」莉芸搖搖頭，「你也見過她。」

『啊？』我很驚訝，『我完全沒印象耶。』

莉芸簡單笑了笑，沒再多說什麼。她看我已放下餐具，便問：

「好吃嗎？」

『迷迭香的濃烈香氣讓雞肉的味道更鮮美。』我頓了頓，接著說：

『雖然很好吃，可是感覺跟上次的味道完全不一樣。』

「怎麼個不一樣？」

『肉的味道完全不一樣。上次的味道很強烈，這次卻是甘甜。』

「因為上次是四隻腳，這次是兩隻腳。」

『妳說什麼？』

「你上次點的是迷迭香羊排……」她突然笑出聲音，

「這次點的是迷迭香雞排，肉的味道當然不一樣。」

『不好意思。』我啞然失笑，『我只記得有迷迭香，其餘忘了。』

她似乎沒有停止笑的跡象，我便靜靜看著她，等她笑完。

我發現她的笑容除了乾淨外，還給人一種放心的感覺。

「我請你喝杯咖啡吧。」她終於停止笑聲，然後站起身。

我這次學乖了，眼睛緊盯著她的背影。

她確實是從冰箱拿出一壺東西，是冰咖啡沒錯；

但似乎又將它加熱，再端出兩杯咖啡走出吧台。

「是熱的。」杯子還沒放在桌上，她便叮嚀：「小心燙。」

我端起咖啡，小心翼翼喝了一口，是熱的沒錯。

我覺得很納悶。

為什麼要將冰咖啡加熱呢？直接煮熱咖啡就行了啊。

況且所謂的「冰咖啡」，其實不是由冰水沖泡而成，

而是將煮好的熱咖啡用冰塊或冰桶迅速冷卻而成。

為什麼她要將熱咖啡冷卻成冰咖啡，然後放入冰箱，

再從冰箱拿出來加熱又變成熱咖啡呢？

她的日子太無聊？或是吃飽了太閒嗎？

『為什麼……』我終於忍不住開口詢問。

「因為我是奇怪的人。」話沒說完她便打斷我。

『這不叫奇怪，應該叫無聊。』

「那好。」她笑了笑，「從此我不只是奇怪的人，還是無聊的人。」

『啊？』我一頭霧水。

「現在別想了，專心喝咖啡吧。」她說，並比了個「請」的手勢。

我又端起咖啡，聞到一股淡淡的香氣，跟一般咖啡香不同。

淺淺喝了一口，口感似乎比一般咖啡柔順，而且更香醇。

用「醇」這個字確實是貼切的，因為咖啡中竟然有一種酒釀的香味。

原先以為我的舌頭和鼻子出了問題，但一直到喝完那杯咖啡，

酒釀的香味始終都在。

我百思不解，看了看坐在對面的她，她的表情似乎很得意。

『為什麼……』我又忍不住開口詢問。

「因為我不只是奇怪的人，還是無聊的人。」她又笑著打斷我。

『喂。』

「找一個下午時分來這裡，我煮給你看，你就會明白了。」她說。

我心裡盤算著，如果要下午來，只能在假日。

但不知道放假時，我會不會記得要來看她煮咖啡？

我起身走到吧台，打算結完帳離開。

她跟著我走向吧台，在我拿出皮夾時，她剛好走進吧台內。

我心想Menu上最貴的餐也不過180塊，而且我點的餐還是特價。

所以我掏出兩張百元鈔票拿在手上。

「一共是300塊。」她說。

『可是……』

話一出口，便覺得尷尬，即使比想像中貴，也應該不動聲色才對。

「還包括上次你欠我的錢。」她說。

『差點忘了。』我楞了一下後，便恍然大悟，『上次的錢還沒給。』

「有我在，才會『差點』。」她笑了笑，「不然你應該會忘記。」

『說的也是。』我不好意思笑了笑。

趕緊再掏出一張百元鈔票，湊成三張後拿給她。

才剛走出店門兩步，聽見背後的門又被拉開，她說：

「以後如果懶，不想騎車出門，就走到我這裡吃晚飯吧。」

『嗯。』我回頭說，『如果我記得的話。』

「這跟記性無關。」她說，「你只要養成習慣就好。」

『妳很會做生意。』我說。

「多謝誇獎。」她笑了。

我一個人住，又不會煮飯，到哪裡吃晚飯是每天都會碰到的問題。

我確實懶得騎車出門吃晚飯，因此走到她的店吃飯是很好的選擇。

從此以後，我偶爾在下班回到社區時，直接走到她店裡。

偶爾久了，偶爾都不偶爾了。

總不能一星期有五次到她店裡還叫偶爾吧。

每當我到她店裡，都會點「特價」的餐。

景氣不好加上物價飛漲，錢要省點花。

後來我發現，我好像每次吃到的特價餐點都不盡相同。

有迷迭香羊排、迷迭香雞排、迷迭香牛排、迷迭香豬排……

還有迷迭香排骨飯、迷迭香鯛魚飯，甚至還有迷迭香糯米糕。

這些特價餐點只有一個共通點——迷迭香。

我一直很想問莉芸為什麼偏好迷迭香？但總是忘了問。

因為當我走進店裡剛坐下時，她一定會問我一個問題：

「你今天有發生特別的事嗎？」

然後我必須要用我有限的記憶能力去回憶當天發生的大小瑣事。

於是我就會忘了問我想知道的問題答案。

莉芸都會陪我吃飯，好像這是再自然不過的事。

吃完飯後她會請我喝一杯具有酒釀香味的神奇咖啡。

喝咖啡時我們會閒聊，很隨興，像多年的老友閒聊那樣。

說也奇怪，我常有那種我們是多年老友的錯覺。

咖啡喝完後，我才會想起又忘記要在假日下午來店裡看她煮咖啡。

我曾經在閒聊中問莉芸：『妳是學什麼的？』

「我大學念化學系。」她說，「現在開這個店算學以致用。」

『這也算學以致用？』

「以前在實驗室調製化學藥品，現在把這種實驗精神用在烘焙餅乾、
調配飲料和烹飪食物上，這難道不算學以致用？」

『不。』我笑了笑，『這是一種境界啊。』

莉芸也跟著笑，依然是乾淨的笑容。

『妳應該對攝影有興趣。』我指著牆上的照片，『都是妳拍的吧？』

「是我拍的。」她說，「但我對攝影沒興趣，也拍的不好。」

『妳太謙虛了。這些照片看起來……』

「說謊會短命的。」她微微一笑打斷我。

『這些照片很有人性，一看就知道是一般人拍的，技巧不高。』

她笑了起來，然後點點頭表示認同我的說法。

「我得拍下這些照片。」她的視線緩緩掃過牆上每張照片，說：
「因為每張照片都代表一段被遺忘的記憶。」

『被遺忘的記憶？』我很疑惑，『為什麼這麼說？』

「因為我不只是奇怪的人，還是無聊的人。」

『喂。』

「我幫你拍張照吧。」她突然說。

『喔？』我有些意外。

她從吧台下方拿出那種常見的數位相機，走出店門，然後向我招手：
「來呀。別害怕。」

我只好站起身走到店門口，站在招牌下方，右手比個「Ｖ」。

幾天後我再到她店裡時，我笑起來像白痴的照片已掛在牆上。

坦白說，她這家店的擺飾跟她的人一樣，乾淨而溫馨；

但牆上的照片不僅技巧很一般，景物或人物也很一般，

似乎不應該成為整體裝飾的一部份。

難道真如她所說：每張照片都代表一段被遺忘的記憶。

這又是什麼意思？

4.

我很少跟社區內其他住戶打交道，連同棟且同樓層的人也不認識。

但由於這個社區內很多居民常到莉芸的店裡用餐，

我因而在店裡認識了一些鄰居。

比方說管委會主委李太太，也經常到莉芸的店，喜歡在吧台邊聊天。

有次她在吧台邊跟莉芸聊天，也把我叫了去。

「我的初戀情人被海浪捲走，第一個論及婚嫁的男人車禍身亡。」

李太太重重嘆了一口氣，「唉，沒想到結婚後先生也走得早。」

我覺得聽這種話題很尷尬，有點坐立難安，但莉芸似乎很專注。

「我常在想，我是不是就是俗稱的黑寡婦？」李太太說，

「因為我喜歡的人，都會早死。」

「黑寡婦形容心狠手辣的女人比較貼切，妳只是命苦。」莉芸說。

「蔡先生認為呢？」李太太問。

『黑寡婦確實可以用來形容心狠手辣的女人……』我勉強開口，

『但形容妳喜歡的人都會早死的狀況，似乎也可以。』

「那我從現在開始，要努力喜歡你。」李太太說。

『喂！』

「開玩笑的。」

李太太放聲大笑，笑聲越來越大、越來越高。

我暗自調勻內息，不然在李太太的笑聲中，很容易受內傷。

我也認識了一位住B棟6樓的周先生，他總是戴墨鏡走進莉芸的店。

周先生以前是個警察，但現在卻是專業攝影師。

他常在高速公路上拿著攝影機，抓住車輛超速瞬間，清楚拍下車牌；

也常一手騎車，另一手拿著相機，拍下路旁違規停放的一整排機車，

不僅車子平穩前進，沿路拍下的車牌也沒因手震或晃動而模糊。

經過高速攝影與無手震1OO連拍的嚴格鍛鍊，他終於成為攝影高手。

周先生總帶著一片CD走進「遺忘」，裡頭只有一首歌：《Knife》。

他會讓莉芸播放《Knife》，一遍又一遍。偶爾他會跟著唱：

「像把刀，痛如刀割。我怎麼可能會痊癒，我受傷好深。

　妳已經割去了我生命的重心……」

用自己翻譯的中文歌詞唱英文歌，也算是一種境界。

他還當警察時，有天夜裡攔下一輛紅燈右轉的車子。

當他第一眼看見女駕駛，便深深為她著迷。

之後他們開始交往，那是他的初戀，滋味特別甜美。

「警察與違反交通規則的女駕駛談戀愛，必須要抵抗一切禮教道德與

　社會上的異樣眼光，這是被詛咒的愛情啊。」周先生說，

「就好像羅密歐與茱麗葉一樣。」

『你現在不當警察了吧？』我問。

「嗯。」他點點頭。

『所以你現在身上沒帶槍？』我又問。

「沒有。」他說。

『這算哪門子的羅密歐與茱麗葉！』我大聲說。

「別理蔡先生。」莉芸問他，「後來呢？」

「後來，我總算學會了，如何去愛。可惜你，早已遠去，消失在人海。

　後來，終於在眼淚中明白，有些人，一旦錯過就不再。」他說。

「那是劉若英的《後來》。」莉芸說，「你跟女駕駛的後來呢？」

「後來她開始遵守交通規則，我們之間便產生隔閡，於是漸漸疏遠，

　直到分手。」他緩緩嘆了口氣，「痛如刀割啊。」

我原本想說：你找個遵守交通規則的女孩會死嗎？

但莉芸用眼神制止我，然後到音響旁按了播放鍵，播放《Knife》。

周先生又跟著哼唱中文歌詞。

我心想幸好那女孩只是紅燈右轉，如果她是酒後駕車，

那這段感情應該會更恐怖。

還有位住在A棟9樓的王同學，也喜歡在吧台邊和莉芸聊天。

她是個青春亮麗的大三女生，個性應該很活潑。

俗話說：薑是老的辣，美眉還是年輕的好。

所以我有時會偷偷移動至吧台邊，加入她與莉芸的對話。

「我爸要再婚了，對方甚至還有兩個女兒。」王同學似乎很氣憤，

「現在是怎樣？把我當灰姑娘嗎？」

『搞不好妳後母才會變成灰姑娘。』我低聲自言自語。

「我聽到了。」王同學瞪了我一眼。

王同學在大一時，喜歡上一位任課的老師。

每當上他的課時，她會偷偷錄音，回家後一遍遍播放。

但畢竟這是師生戀，她沒有勇氣跟他表達，只能單相思。

上學期他離開學校，但她始終無法忘記他。

尤其是他的臉和聲音，總是隨時隨地出現在她的生活周遭。

「沒想到喜歡一個人會這麼痛苦。」她說。

『妳才20歲吧？』我問。

「是呀。」王同學沒好氣地回答，「20歲不可以談戀愛嗎？」

『當然可以。』我說，『但20歲時的愛情應該是陽光而開朗的，

　妳怎麼搞成這樣？』

「我也不想這樣，我已經很努力要忘記他了呀。」王同學很不服氣，

「可是忘不掉又有什麼辦法。」

王同學走後，莉芸說也許是因為店名叫「遺忘」的關係，

很多人會來店裡尋找遺忘的感覺。

李太太想遺忘失去愛人的痛苦記憶，王同學想遺忘愛人的臉和聲音；

周先生卻想遺忘曾品嚐過的甜蜜愛情。

大多數人都試著想遺忘某些記憶，只可惜越想遺忘越忘不掉。

「但有的人卻總想記起某些曾遺忘的事。」

她說完後，凝視著我。

我的記憶從國二以後，就不再清晰，總是模糊的片斷。
比方說我會記得她叫莉芸，卻老是記不住她的姓。
或許真如莉芸所說，我想記起某些曾遺忘的事。
但問題常常是，我連「忘記」了什麼都不知道，
又怎麼知道到底想努力記起什麼？

「阿姨，我要一杯葡萄柚汁。」
李太太念國小六年級的大兒子走進店裡，要了一杯飲料。
莉芸見他愁眉苦臉，問了句：「你怎麼了？」
「我養的狗狗，昨天死掉了。」他回答。
『請節哀。』我說。
他看了我一眼，沒說什麼。

他端起杯子，喝了一口葡萄柚汁後，問我：「你瞭解生命嗎？」
竟然是問這麼深奧的問題，我吃了一驚，答不出話。
「生命……」他又喝了一口，再重重嘆了口氣，接著說：
「真是無常啊。」
『你才11歲啊！大哥。』我大聲說。
莉芸則忍不住笑了起來。

從此我在莉芸的店裡待著的時間變長。
吃完飯喝完咖啡後，我會離開位子坐到吧台邊，聽聽別人的故事。

很多人都想遺忘某些東西，可惜都不能如願，於是顯得無可奈何。

有時我會慶幸自己的記性不好，也許會因而忘掉一些痛苦的事；

但有時卻更想知道，自己到底遺忘了什麼？

會不會我跟周先生和王同學一樣，也曾經想遺忘某段刻骨銘心戀情？

但因為我天賦異稟，腦中有一道像電腦防毒軟體的自我防護機制，

可以把想要遺忘的記憶當成電腦病毒清掉，所以我成功了？

會是這樣嗎？

『妳把店名取為遺忘，那麼妳一定有想遺忘的東西。』我問莉芸：

『妳想遺忘什麼？』

「不。」莉芸搖搖頭，「我不想遺忘。」

『不想遺忘？』

「我害怕遺忘，也害怕被遺忘。」她笑了笑，「所以店名叫遺忘。」

『這種邏輯怪怪的。』

「你今天有發生特別的事嗎？」

『妳怎麼老是問這個問題？』

「因為不想讓你今天的記憶被遺忘。」

『嗯？』

「說吧。」她笑了笑。

『公司裡有個女同事今天剛生了個男孩。』我說。

「嗯。」她點點頭，「算了算時間，也差不多該生了。」

『妳認識她？』

「不。」她說，「是你告訴我的。」

『啊？』

「你第二次走進店裡時，曾告訴我公司有個女同事懷孕四個多月了。現在已過了五個月，也該生了。」

『我來這裡有五個月了？』

「是的。這五個月來，包括今天，你總共走進『遺忘』63次。」

『63次？』我很驚訝，『妳竟然算得那麼清楚？』

「嗯。」她笑了笑，「因為我不只是奇怪的人，還是無聊的人。」

我不僅忘了曾告訴她女同事懷孕的事，也感覺不出已過了五個月。

更別說是已走進「遺忘」63次了。

當我偶爾回想過往時，總會對時間的飛逝覺得震驚。

好像什麼事都沒發生時，卻已過了好幾年。

會不會是因為我的記性不好，所以對時間的感覺很遲鈍？

某個假日午後，我在家看電視。電話聲響起，是管理員打來的。

「蘇小姐請你到她店裡坐坐。」他說。

『蘇小姐？』我一時想不起來我認識什麼輸小姐或是贏先生。

「就是A棟一樓簡餐店的老闆。」

『喔。』我拍了拍腦袋，『我馬上過去。』

坐電梯下樓，穿過社區中庭，走出社區大門，左轉到莉芸的店。

「過來這裡。」我剛推開店門，看見莉芸在吧台內向我招手。

我走進吧台，見她身旁有一個像是斷頭台的東西，約40公分高。

斷頭台上面掛著8字形小玻璃杯，杯下有個像是調整閥之類的東西；

斷頭台下面放了一個玻璃盛水瓶。

「我示範冰滴咖啡的作法給你看。」我還沒開口詢問，她便說：

「這種咖啡需要細研磨的咖啡粉，磨豆的時間不能太短。」

我正想問冰滴咖啡是什麼時，她剛好打開磨豆機。

咖啡豆哇哇叫了起來。

拿出一個金屬製小杯，杯底有篩孔，先放入一張濾紙；

將磨好的咖啡粉倒入金屬製小杯中，輕拍側邊讓咖啡粉表面平整，

再放入一張濾紙在咖啡粉上。

然後將金屬製小杯放在玻璃盛水瓶之上。

從冰桶中舀出一些冰塊放入量杯，「約到300 c.c.處。」她說。

再倒入冷水，水便充滿冰塊間隙，直到切齊300 c.c.刻度。

「我還會再加10 c.c.的威士忌哦。」她笑了笑，打開酒瓶。

將這310 c.c.冰、水、威士忌的混合物倒入圓弧形玻璃杯中，

用插了根金屬管的栓蓋封住杯口，倒轉放回8字形小玻璃杯之上。

打開8字形小玻璃杯下的調整閥，冰水便一滴滴緩緩往下滴。

圓弧形玻璃杯內的冰水，藉由栓蓋的金屬管，流進8字形小玻璃杯；

再經過調整閥，滴入裝了咖啡粉的金屬製小杯，與咖啡粉纏綿後，

最後滴進玻璃盛水瓶中。

她拿出一個計時器，眼睛緊盯著水滴，右手微調調整閥。

「若滴太快，味道會淡而且會積水外溢；若滴太慢味道則會苦。」

她說，「標準速度是10秒7滴。」

『10秒7滴？』我看著緩緩落下的水滴，『這得滴多久？』

「三個多小時吧。」她說。

『這麼久？』我很驚訝，『那豈不是點完咖啡後可以先回家吃個飯、
    洗個澡、上個廁所、出門看場電影，再回來喝咖啡？』

「不用這麼麻煩。」她笑了笑，「滴完後會密封放入冰箱冷藏，約可
    保存5天左右。不過我讓你喝的咖啡，都剛好冰了3天。」

『3天？』我說，『妳的意思是要喝現在這杯咖啡，還得等3天？』

「嗯。」她說，「接近零度的低溫萃取咖啡，咖啡中的醣類在低溫中
    會持續發酵，因此會有酒釀香味。雖然放越久越香醇，但放三天是
    最好的。所以冰滴咖啡又叫冰滴酒釀咖啡。」

『那妳幹嘛還加威士忌？』

「你鼻子不好，容易鼻塞，聞不出一般冰滴咖啡的酒釀香。」她說，

「所以我偷偷加了10c.c.威士忌。」

『妳知道我鼻子不好？』

「你喝咖啡的口味較濃，所以我做冰滴咖啡時，不是10秒7滴。」

她沒回答我的問題，接著說：「而是11秒7滴。」

『妳怎麼……』

「因為我不只是奇怪的人，還是無聊的人。」她笑了笑。

雖然有滿肚子疑問，但視線已被水滴吸引，而且心裡不自覺數著：
一滴、兩滴、三滴……
背後突然傳來「喀嚓」一聲，我反射似回頭，只見她手裡拿著相機。
「這個角度很好。」她笑了笑。
『妳把我當模特兒，我要收錢。』我說。
「那麼我請你喝杯冰滴咖啡吧。」

她打開冰箱，裡頭放了幾壺咖啡，壺身都用貼紙貼上日期。
她選了日期是三天前的那壺，拿出冰箱加熱。
最後分成兩杯咖啡，一杯端給我，另一杯放在她面前。
「請。」她說，「這是你的模特兒費用。」

『這麼麻煩的冰滴咖啡，大概只能限量供應，而且很貴。』我說。
「不是限量，是沒量。」她說，「因為我不賣冰滴咖啡。」
『為什麼？』
「我每天只能滴一次，310 c.c.大概只有兩杯咖啡的份量。」她說，
「而且隨著冰水變少，滴速會變慢，每隔一段時間要略微調整速度，
　很麻煩的。吧台裡還有很多事要忙，不能常常分心。」

『好可惜。』我喝了一口冰滴咖啡後，說：『妳這麼會煮咖啡，店裡
　卻不賣咖啡。其實妳還是可以賣別的熱咖啡。』
「剛剛磨咖啡豆的時候，你聽到哇哇聲了嗎？」

『當然聽到了。』我說，『我的耳朵很正常。』

「難道你不覺得咖啡豆會痛嗎？」

『妳又來了。』

「既然咖啡豆會痛，我怎麼忍心再用熱水燙它呢？」她說，

「所以我店裡不賣咖啡。」

『那妳連冰滴咖啡都不應該煮，因爲還是得磨咖啡豆。』

「說的沒錯。」她嘆口氣，「可是你只喝熱咖啡呀。我只能找出這種
　用冰水滴濾咖啡的方法，我已經盡力了。」

『這⋯⋯』我不知道該說什麼，只好說：『妳想太多了。』

「很好。」她笑了笑，「從此以後，我不只是奇怪的人，還是無聊且
　想太多的人。」

我只能苦笑。

5.

「你今天有發生特別的事嗎？」她問。

『今天？』我想了想，『對了，就是妳叫管理員打電話給我。請問
　有什麼事嗎？』

「已經沒事了。」

『嗯？』

「你老是忘了在下午來我店裡看我煮冰滴咖啡，我只好提醒你了。」

咖啡喝完了。我突然想到一個問題，便問：

『妳每天滴出的兩杯咖啡，就是妳跟我喝？』

「嗯。」她點點頭，「如果你沒來，我和我妹妹會喝掉。」

『今天我來了，妳妹妹不就沒得喝？』

「是呀。」

『那她會不會恨我？』

「不會。」她搖搖頭，「從某種程度上說，你以前算是救過她。」

『我真的不記得見過她，更別說救過她了。』我的語氣很無奈。

她看了我一眼，說：「一起到公園走走好嗎？」

『當然好。』我說，『但留妳妹妹一個人看店，她不會很可憐嗎？』

「她叫莉莉。」她說，「古詩有云：粒粒皆辛苦。所以叫莉莉的人，
　原本就該苦命。」

『妳好狠。』我笑了笑，站起身。

走出店門時，苦命的莉莉朝我笑了笑、揮揮手。

社區旁邊就是一座公園，面積很大，除了樹木青翠、草色碧綠外，

還有條小溪蜿蜒流過。

今天是假日，公園裡雖然很多人，但並不嘈雜，處處是歡樂的氣氛。

我和莉芸邊走邊聊，很輕鬆。

『以前我常來這座公園，後來不知道爲什麼，就很少來了。』我說。

「你通常在日落前半小時到公園走走，因爲你覺得那是一天當中最美

　的時間。夏天是6點20左右，冬天則是5點半。」她說。

我吃了一驚，停下腳步。

「怎麼不走了？」她往前走了幾步，回頭說。

『爲什麼妳連這個都知道？』

「因爲我不只是奇怪的人，還是無聊且想太多的人。」

『喂。』

莉芸似乎想說點什麼時，迎面走來一個牽著狗的年輕女子。

「好久不見。」女子笑著打招呼。

我原以爲她是跟莉芸打招呼，因爲我不認識這個豔麗的女子。

「上次真謝謝你。」沒想到她走到我面前，又說：「我聽了你的勸，

　把狗拴住了，以免牠亂跑。」

我低頭一看，她的狗正站起前腳，趴上我的膝蓋。

『不……』我吞吞吐吐，『不必客氣。』

女子又跟我說了幾句話，我只能支支吾吾回應。
而她的狗一直拼命搖著尾巴，還興奮地朝我吠了幾聲。
『有大眾臉真的是件麻煩的事。』女子走後，我說。
「為什麼你一直覺得你有張大眾臉？」莉芸問。

我想了一下，告訴她我第一次去某家麵攤吃飯時，老闆認錯人的事。
「那家麵攤隔壁是DVD出租店，你去租過幾次DVD，租完後會順便
　在麵攤吃飯。」莉芸笑了笑，「你並不是第一次去那家麵攤。」
『啊？這……』
「後來你因為老是忘了還DVD，被罰了很多錢，索性就不再去租片，
　結果麵攤也沒去了。」

我嚇呆了，完全說不出話。
我開始努力回想，卻發覺腦海裡根本沒有關於租DVD的回憶。
倒是不小心找到被陌生女子打了兩耳光的記憶。
雖然記憶不太完整，但那兩耳光實在太火辣了，很難忘掉。
我馬上跟莉芸說起這件事，因為我想證明我確實有張大眾臉。

「你開始工作後的第二年，認識了一個在醫院急診室工作的女孩。」
莉芸說，「有趣的是，你們每次見面都約在急診室門口。」
『我……』我吞了吞口水，『我不記得啊。』
「不過你老是忘了約會的時間，女孩心裡越來越氣。有次你到急診室

門口時，卻忘了是要去見她，你竟然走進醫院的家醫科看醫生。」

『後⋯⋯後來呢？』

「家醫科的護士認得你，便跑去叫那女孩。當她來到你面前，你說：
　　可惜我只是小感冒，如果病得重一點，就可以待在急診室了。女孩
　　很生氣說：最好以後別讓我在急診室遇見你！我一定拔你的管！」

『我後來有在急診室遇見她嗎？』

「沒有。」莉芸說，「那是你們最後一次約會，交往只維持四個月。
　　如果依照你的說法，你後來是在餐廳再度遇見她。」

『妳確定那女孩真的認識我嗎？』

「你這輩子到目前為止，只跟那位女孩有過短暫交往。」

『妳會不會認錯人？或是她認錯人？或是大家都認錯人？或是⋯⋯』

我已經開始不知所云了。

「往好處想，被打兩耳光總比被拔管好得多。」莉芸淡淡笑了笑。

我心裡很慌亂，完全無法思考。嘆了一口氣後，說：

『難道剛剛那個牽著狗的女孩真的認識我？』

「那個女孩的狗原本是不拴住的，很活潑好動。有次牠在公園亂跑，
　　不小心掉進水裡。你立刻跳進水裡抱住牠，上岸後你全身都髒了。
　　你把狗抱給女孩，只說：這公園有河，白目的狗還是拴住比較好。
　　然後你就急著回家洗澡。」

『真的嗎？』

「那條狗也認識你，不是嗎？」

『沒想到連狗的記性都比我好。』我嘆了口氣，『真是有夠悲哀。』

但最悲哀的是，碰到那麼豔麗的女子，我竟然只說無關痛癢的話？

為什麼我沒跟她要電話或稱讚她很漂亮呢？

我不再說話，腳步無意識向前，像電影中的活死人。

「你還記得這裡嗎？」莉芸停下腳步，指著公園旁一處工地。

我看了看那處工地，過了一會，搖搖頭。

「這裡以前是庭園咖啡店。」

『我有印象了，以前來過幾次。店裡好像有個漂亮的魚缸。』

「不是『幾次』，是38次。」她說。

『有那麼多次嗎？』

「我和莉莉以前都在這間庭園咖啡店當服務生。」莉芸說，

「當你到公園走走時，偶爾會進去喝杯咖啡或吃晚餐。」

『可能因為妳們不是穿泳裝，所以我沒什麼印象吧。』

「嗯。」她笑了笑，「我們會虛心受教、徹底檢討。」

我想回應她的笑容，但嘴角卻無力拉出弧度。

「有次一隻大狼狗和一隻哈士奇犬打架，從公園打進店內。莉莉正好
　　準備端咖啡給你，你馬上起身擋在莉莉身前，結果她沒事，你卻被
　　這兩條狗撲倒。」

『結果誰贏？』我問，『狼狗？還是哈士奇？』

「你那時也是這麼問。」莉芸說。

『嗯？』

「我看見你被撲倒，急忙衝出吧台扶起你，然後問：痛嗎？」
莉芸笑了笑，「但你卻只說：狼狗和哈士奇誰贏？」
『妳問我：痛嗎？』
「嗯。」莉芸點點頭，微微一笑。
我又想起夢裡的那個女孩。

『妳說我救過妳妹妹，就是指這件事？』
「嗯。」莉芸說，「莉莉很怕狗，那時她嚇哭了。」
『那麼到底誰贏？』
「哈士奇吧。」她說，「你那天的晚餐錢，是哈士奇主人幫你付的；
　咖啡錢則是狼狗主人付的。晚餐比較貴。」

『抱歉，我的記性不好，竟然沒認出妳。』我應該臉紅了，
『原來我那時候就認識妳了。』
「算是吧。」莉芸說這句話時，臉上卻掛著古怪的笑容。
我沒心思追問，只是覺得累，便坐在公園內的椅子上，低下頭。

不知道過了多久，當我抬起頭時，莉芸仍然站在身旁。
『妳也坐下吧。』我說。
「嗯。」莉芸在我右邊坐下。
我覺得喉間乾澀，無法再吐出言語，便靜靜看著天色由黃變暗。
太陽下山了。

『這座公園又大又美，我不懂爲什麼我後來很少來。』我終於開口。

「嗯。」她簡單應了一聲。

『我是說，爲什麼我後來很少來？』

「你問我嗎？」

『不，我是問哈士奇。』我笑了笑，『廢話，我當然是問妳啊。』

「你認爲我知道？」

『我想妳應該知道。』我轉頭看了她一眼。

「一年前，這公園被選爲第一座都會區內的螢火蟲復育公園，市政府
　在公園裡野放兩千隻螢火蟲。隔天傍晚，便有很多家長帶著孩子，
　拿著網子和玻璃瓶，很高興地來抓螢火蟲。」

『唉。』我嘆口氣。

「你看到後很生氣，開口罵那些家長們：你們都是這樣教育小孩嗎？
　但他們都覺得你反應過度、多管閒事。」莉芸也輕輕嘆口氣，

「根本沒有人理你，你只能眼睜睜看著螢火蟲在玻璃瓶內亂竄。」

『後來呢？』

「過了兩個禮拜，公園裡再也看不到螢火蟲。」莉芸的語氣很平淡，

「當最後一隻螢火蟲消失在公園後，你就很少來公園了。」

『原來如此。』我問：『那時妳在哪裡？』

「我在庭園咖啡店裡，看見你經過門口，背影像隻疲憊的螢火蟲。」

她說，「我跑出去問你：痛嗎？」

『啊？』我微微一驚。

「不好意思。」她說，「我常那樣問你。」

『那我怎麼回答？』

「你只說：螢火蟲才會痛。」

我又開始沉默，而黑夜已悄悄籠罩整座公園。

「其實你不用太在意我所說的話。」莉芸打破沉默，

「因為我不只是奇怪的人，還是無聊且想太多的人。」

『不，妳不是。』我說，『妳是……』

「嗯？」莉芸等了幾秒，等不到我把話說完，便問：「是什麼？」

『總之……』我想不出合適的形容，只好下結論：『謝謝妳。』

莉芸似乎嚇了一跳，身子微微顫動。

我轉過身，竟發現她的眼眶似乎有淚光。

『妳怎麼哭了？』

「沒事。」她拿出面紙，小心翼翼對折兩次，然後輕輕擦了擦眼角，

「這麼多年來，第一次聽你說謝謝。」

『這麼多年？』

「沒事。」她又說。

「該吃晚飯了。」莉芸站起身，「今天的特價餐是迷迭香烏龍麵。」

『不好意思。』我說，『我沒胃口，吃不下。』

「今天我請客。」

『人是鐵，飯是鋼。』我站起身，『吃不下還是得吃。』

我和莉芸慢慢走回「遺忘」，一推開店門，發現店裡的氣氛很熱烈。

「怎麼這麼晚回來？」莉莉的語氣有些埋怨，「我快忙不過來了。」

『這是對救命恩人的態度嗎？』我說。

「哦？」莉莉吃了一驚，「你知道了？」

『嗯。』我說，『寡人餓了，要用膳。』

「遵旨。」莉莉笑了，「馬上就好。」

莉芸先去忙，我獨自坐在最裡面靠右牆的座位。

回想莉芸在公園所說的話，我相信她沒騙我，那些都是發生過的事。

可是我一點也想不起來啊。

無論我如何努力也喚不回遺忘的記憶，只覺得腦袋越來越重。

我轉頭看著魚缸，視線跟著缸內的魚游動，看了一會便入了神。

6.

「想起來了嗎？」莉芸端著迷迭香烏龍麵放在我面前，說：
「庭園咖啡店的老闆要轉讓他的店時，我向他買下了這個魚缸。」
『唉。』我搖搖頭。

莉芸吐了吐舌頭，到吧台又端了碗麵，再走回我對面坐下。
我有些心不在焉，因而食不知味，麵還剩一半便放下筷子。

「今晚早點休息，明天一早你還得到台北出差。」莉芸說。
『差點忘了。』我說，『咦？妳知道我要到台北出差？』
「你前幾天有告訴我。」
『是嗎？』我嘆口氣，『我的記性這麼差，萬一誤了工作就糟了。』
「你放心。」她很篤定，「你的工作不會有問題。」
『嗯？』我很疑惑。

「有天晚上你在庭園咖啡店吃晚餐時，店裡走進一對看起來像是情侶
的男女，男的50歲左右，女的才20多歲。」莉芸頓了頓，說：
「但他們剛走進店裡，男的目光與你相對幾秒後，便轉身離開。」
『為什麼會這樣？』
「我當時也很疑惑，看了看你，聽到你說：我出運了。」
『出運？』

「我走到你身旁問你爲什麼那樣說？」莉芸忍不住笑了起來，

「你說：吃晚餐時能吃到目睹老闆跟情婦約會，這是一種境界啊。」

『喔？』

「我說也許他們只是一對年齡差距很大的夫妻，你說：最好夫妻晚上
　到公園散步時，先生穿西裝打領帶、太太濃妝豔抹。」

『我說的沒錯啊。』

「嗯。」莉芸笑著點點頭，「我也認同。」

怪不得如果我因爲記性不好而誤了公事時，老闆幾乎不責罵我，

甚至還會對我說：「你是貴人，難免會忘事。」

原來他是想堵住我的嘴。

『那我老闆和他情婦的感情是否依舊堅貞？』我問。

「應該是吧。」莉芸笑了，「因爲你的工作很順利。」

『那就好。』我也笑了。

『飯吃完了，冰滴咖啡下午也喝過了。』我站起身，『我該走了。』

「嗯。」莉芸也站起身，送我到門口，「早點休息。」

我慢慢走回家，今天發生的事很令我震驚，我完全無法消化。

幸好最後聽到一個好消息，知道自己的飯碗很穩，不會摔破。

要不然我會懷疑自己有沒有氣力走回家？

我洗了個澡、看了一會電視、準備明天出差的資料後，便上床睡覺。

然後我又夢見了那個女孩。

當她問我：「痛嗎？」並緩緩伸出手想撫摸我的頭時，

我竟然開口說：『妳是蔣莉芸嗎？』

她似乎嚇了一跳，手迅速放下。

於是我醒了。

漱洗完後，先走到門口，看看門口放了什麼東西？

門口放了公事包，公事包上貼了一張寫上「台北出差」的紙條。

晚上入睡前我會將所有該帶出門的東西放門口，偶爾還會寫紙條。

只要走到門口一看，便不會忘記今天該做什麼。

這是我多年來養成的習慣，也是因應記性不好的生存本能。

我穿了件較得體的襯衫，打了條領帶，提起公事包坐電梯下樓。

剛走到社區大門，便看見莉芸。

「早。」她說，「我送你去坐車。」

『不用麻煩了。』我說。

「不麻煩。我反正要去市場買一些食材。」她說，「走吧。」

我正想再推辭，但她已經轉身向左走，我只好跟在她身後。

莉芸開著車，我坐在她右手邊，一路上我們沒有交談。

15分鐘後，她說：「到了。」

我下車說了聲謝謝，轉身走了兩步，突然又轉身問：

『妳怎麼知道我要坐客運？』

「你公司很小氣，出差只補助最便宜的客運車錢。」莉芸說。

『妳怎麼……』

「車快來了。」莉芸重新起動車子，「快去買票吧。」

我趕緊到售票口買票，售票小姐剛找完錢，車子便來了。

我上了車，找到我靠走道的座位，窗邊已坐了位尼姑。

坐車能坐到跟尼姑坐在一起，這是一種境界啊。

「阿彌陀佛。」她說，「施主，好久不見。」

現在是怎樣？

我只能勉強微笑，點了點頭，再坐下來。

「阿彌陀佛。」她說，「施主，你會暈車嗎？」

『阿彌陀佛。』我回答，『我不會。』

「阿彌陀佛。施主，你運氣不好。」她說，「我會。」

『啊？』

「這一切都是因果。」她笑了笑。

我努力在腦海裡搜尋記憶，雖然我知道結果通常是徒勞無功。

可是認識尼姑應該是件非常特別的事，起碼該有模糊的印象。

沒想到腦海裡竟然連「模糊」都沒有，只有空白。

「忘了就忘了。」她說，「不要執著。」

我不禁轉頭看著她。

「你記得前世嗎？」她問。

『前世？』我很納悶她這麼問，『當然不記得啊。』

「既然你已遺忘前世的記憶，今生又該怎麼過？」

『今生？』我更納悶了，『今生還是一樣過啊。』

「所以說，即使你已忘記昨天……」她微微一笑，

「對今天又有何妨呢？」

我雖然不認同這兩種狀況的邏輯關連，但這句話應該是一種禪意。

邏輯無法推導也無法驗證禪意，因為邏輯有時也是一種執著。

我不再多想，忘了就忘了。

忘了又如何？記起又如何？

途中她起身兩次到廁所去吐，每次我都會先站起身方便她離開座位。

『您還好吧？』她第二次從廁所回來後，我問。

「沒事。」她勉強笑了笑，「我的修行不夠。」

『這應該跟修行無關。只要放輕鬆，什麼都不想就好了。』

「嗯。」她點點頭，「你果然很有佛緣。」

有佛緣？

其實我只是希望她不要因為覺得自己會暈車，於是便心有罣礙。

只要心中存著「我會暈車」的罣礙，那就更容易暈車。

也許她聽進了我的話，之後的旅途便好多了，也不再起身到廁所。

台北終於到了，她先下車，下車前還跟我說聲謝謝。

我則在終點站下車。

我要去的地方剛好就在下車處附近，不用轉彎，直走50公尺就到了。

我先在路邊吃午餐，吃完午餐休息一下，再去處理公事。

事情處理完後大約五點，我想先在台北街頭走走，找個地方吃晚餐，

吃完晚餐再坐車回台南。

當我吃完晚餐走出那家店，正想往車站的方向走時，我竟然迷路了。

我對眼前的街頭完全陌生，好像剛剛根本沒有經過似的。

就像身處大海或沙漠一樣，四周只有茫茫的藍或黃，

完全沒有可供辨識的地標。

我不知道該朝哪裡走？

行人匆匆走過我身旁，我卻只是站在原地。

我又慌又急，明明剛剛才走過啊，為什麼我搞不清方向？

朦朧間我有種似曾相識的感覺，我退伍後剛到台北工作時也是如此。

那時我常常會突然迷路，每次都只能藉著詢問路人或搭計程車回家。

所以我才會辭了工作回台南。

如今那種心急如焚、心亂如麻的感覺又回來了，我完全不知所措。

我雙手抱住頭，閉上雙眼，蹲了下來。

蹲了許久，腳已發麻，我心想不能這樣耗著，我得回家。

勉強打起精神睜開雙眼，站了起來。

我沒力氣再走回車站，伸出右手，攔了輛計程車。

計程車只拐兩個彎，不到五分鐘就到了車站。

上了往台南的車，我覺得很累，但剛剛的心慌還在，

我感覺到心臟的急速跳動。

四個小時後，我下了車，再坐計程車回家。

我在社區大門下車，看了看錶，已經深夜11點了。

莉芸的店應該打烊了，但我隱約看到招牌的燈還亮著。

我往莉芸的店走去，到了門口，卻猶豫著該不該推開店門？

「你回來了。」莉芸拉開門後先是微笑，但看到我的神情，又問：

「你怎麼了？」

『我……』

「進來再說。」

我走到最裡面靠右牆的座位坐下，問：『妳怎麼還沒打烊？』

「我正在實驗製作迷迭香餅乾。」

『喔。』我簡單應了一聲。

「今天的出差順利嗎？」她在我對面坐下。

『很順利。不過要走到車站坐車回來時突然迷路……』

「那沒關係。」她笑了笑，「鼻子下面就是路，開口問人就是了。」

她的反應令我意外，好像突然迷路是件不用大驚小怪的事。

『可是我才剛走過啊，而且也沒走遠……』

「沒關係。」她又說，「迷路就迷路，只要不是梅花鹿就好。」

『什麼？』

「因為麋鹿比梅花鹿大。」

『很冷。』但我卻笑了。

『對了。今天早上坐車時，旁邊坐了位尼姑。』我想起早上的尼姑，

『她似乎認識我，還跟我說：好久不見。』

「她是水月禪寺的師父。為了興建佛寺，常在醫院附近義賣水果。」

『那她為什麼會認識我？』

「你跟她買過水果呀。」她笑了笑，「你要去見急診室女孩前，通常
　　會先跟她買水果。有次你把身上的錢全買了水果，當你跟女孩吃完
　　晚飯後才發現身上沒錢了，結果那次約會是女孩請客。」

『原來如此。』我雖然點點頭，但依舊毫無印象。
「那位師父常說你很有佛緣呢。」
『或許吧。』我苦笑，『佛祖保佑我只挨了兩巴掌，而不是在急診室
　　被拔管。』
「你想起那位師父了嗎？」
『完全沒印象。』我苦笑。

「慢慢來。」她說，「也許心情放輕鬆，就會想起來了。」
『這跟心情無關。』我說，『妳不用安慰我。』
「或許將來……」
『現在都想不起來了。』我打斷她，『時間越久，記憶更模糊。』
「這可說不定。也許有天你會記得很多年前就見過我……」

『我不記得見過妳、也不記得認識妳。』我的音量突然提高，
『我的記性不好，不要再測試我了！』
我已經無力再承受遺失的記憶突然出現，也對突然迷路無法釋懷。
壓力已經超過臨界點，火山便爆發。
火山爆發後，我覺得有些虛脫，緩緩低下頭。

「痛嗎？」她問。

我被這句話電到了，抬起頭，看見她的右手伸出一半，僵在空中。

而她的眼神充滿悲傷。

當她接觸我的視線後，右手便緩緩放下。

我突然心下雪亮：莉芸就是我夢裡的女孩！

glance

回眸

7.

我有點搞不清現在是夢境？還是真實世界？

多年來出現在夢裡的女孩，竟然出現在面前？

「時間很晚了，喝茶或咖啡都不好。」莉芸起身走到吧台，

「喝點果汁吧。」

「你知道海馬迴嗎？」莉芸端了杯柳橙汁放在我面前，

「英文叫hippocampus。」

我先說聲謝謝，再搖了搖頭。

「長期記憶儲存在大腦的皮層，它管理所有的記憶。」她說，

「腦子裡還有一個區域叫海馬迴，負責把記憶寫入皮層裡。」

『嗯。』我點點頭表示理解。

「海馬迴受損的話，短期記憶能力會下降，也可能無法將短期記憶

轉化成長期記憶。」她說，「這就是所謂腦海裡的橡皮擦。」

橡皮擦？

我不禁低頭看了一眼桌上壓著的那張紙條：

如果人生沒有錯誤，鉛筆何需橡皮擦？

「如果記憶像用鉛筆寫字一樣，那麼用橡皮擦擦去，可能不留痕跡。

除非力道夠強，才會留下擦過字的痕跡。」她又坐了下來。

我抬頭看了看她，很納悶她為什麼要說這些？

「海馬迴最重要的功能是記憶，尤其是事件性記憶。海馬迴若受傷，
　　可能會忘了在哪裡、什麼時候、做了什麼事或經歷了什麼事件。」
我越聽越奇，覺得這並不是話題，而是跟我密切相關的事。

「海馬迴除了跟記憶有關外，也跟認路的能力有關。自古以來幫人類
　　傳信的鴿子，腦部便有較大容積比例的海馬迴。」
『為什麼跟我說這些？』我終於忍不住開口詢問。

「你會突然迷路，就是因為你的海馬迴可能已經受傷。」

『這……』我張大嘴巴，接不下話。
「你在國二時不小心撞到頭，可能因此傷了海馬迴。」
『不可能！』我幾乎是叫了起來，『妳不可能連這個都知道。』
「你國二之前的記憶是完整的，但從國二打架事件過後，你的記憶是
　　片斷且模糊，甚至失去。」
『連打架……』我已開始口齒不清。
「因為我是你的國中同學。」莉芸淡淡地說。
我大驚失色，不自覺地站起身。

「你先別激動，我慢慢說給你聽。」
莉芸站起身，走了兩步，指著牆上一張像是中學禮堂的照片。
「我們國中畢業典禮就在這裡舉行。」她說，「畢業典禮時有摸彩，
　　剛開始摸彩時抽出了七個號碼，你是其中之一。你以為中了大獎，
　　還興奮地大叫。結果校長說：畢業生507位，卻只有500份獎品，

所以除了抽到號碼的七個同學沒得獎外，其餘通通有獎。」

『這間學校太變態了吧。』我說。
「那可是我們的母校。」她往右移動兩步，指著一張腳踏車的照片，
　「你高中三年就是騎這輛腳踏車，你還在把手上貼了一張賓士車標誌
　的貼紙。」
順著她的手指，我看到賓士車標誌。

「這是你高三畢業前夕，你們班在舞台上的表演活動。上台的同學們
　手裡都拿著竹掃把當吉他，邊跳邊唱《燃燒吧！火鳥》。」
她指著舞台左後方一個模糊的身影，「你就在這裡。」

「你大一時加入環保社。這是社團在四草坐舢舨遊紅樹林的照片。」
她指著一個坐在船尾的人，「只有你側面對著鏡頭。」
「大三時你修了一門台灣民間風俗的通識課，你為了期末報告到東港
　拍攝王船祭慶典。」她指著一團白色煙霧中的朦朧身影，
　「你衝進鞭炮陣中取景。你看，腳下還有火花。」
「這間7-11就在你租屋處的巷口，那時你念大四。你常去這間7-11，
　偶爾會在門口的椅子上吃早餐。」

她持續移動腳步和手指，每指著一張照片便同時開口。
「這是火車站前的敦煌書局。你當兵時放假回家或是收假歸營，都會
　坐火車。你坐火車前會到書局看看書，偶爾會買書。」
她指著站在書局前的一個阿兵哥，「這是你的背影。」

「這是你正低頭挑選水果的照片，賣水果的是水月禪寺的師父。」

她將手指往右移動兩公分，「她站在這裡，可惜只拍到背影。」

「馬路對面就是醫院。」她再將手指往上移，「你會到醫院的急診室

　　門口與某個女孩碰面。」

我下意識摸了摸臉頰。

「這是公園旁的庭園咖啡店，但現在是工地。你曾在這裡被兩隻打架

　　的狗撲倒，也曾在這裡目睹公司老闆和他的情婦約會。」

她指著相片中吧台上的魚缸，「還記得這個魚缸嗎？」

我不禁轉過頭，看了一眼她店裡鑲進內牆的三尺魚缸。

「這是半年前社區住戶在湖邊烤肉的合影，你站在最後排最右邊。」

她忍不住笑了笑，「當你看到照片時，你說你長得像金城武，我卻說

　　你像劉德華。你還說你只能含著眼淚承認我說得沒錯。」

『如果我真的那樣說，也只是隨口說說而已。』

「但我真的覺得你像劉德華。」她笑了笑，「背影很像。」

「這是你在『遺忘』店門口的獨照，你還說你笑起來像白痴。」

她指著我右腳旁邊的一盆植物，「這就是你常吃的迷迭香。」

『那就是迷迭香？』

她點點頭。

「這張照片今天剛裱完框，還來不及掛在牆上，明天就會掛上。」

她從吧台下方拿出一張照片，並將照片正面朝著我。

「這是昨天我煮冰滴咖啡給你看時，當你正專注地數著水滴，我從你身後偷拍的照片。你還開口跟我要模特兒費用。」

『這個我記得。』我說，『我是開玩笑的，妳不可以當真。』

「好，我修正。」她笑了笑，「你開玩笑說要跟我拿模特兒費用。」

『結果妳用一杯冰滴咖啡抵帳。』

「嗯。」她點點頭，「你這段記憶還很清晰，眞好。」

原來牆上每張照片只跟我有關，並不是「遺忘」的裝潢或擺飾。

每張照片都代表著一段已被我遺忘或即將被我遺忘的記憶。

我不禁一張張細看牆上的照片，但我無法陷入回憶中。

因爲我根本沒有記憶。

「還有些照片放在相簿裡。數位相機普遍後，我也拍了很多相片檔，存在電腦裡。所有關於你的……」

『爲什麼？』我打斷她。

「嗯？」她似乎不明白我的意思。

『妳爲什麼要這麼做？』

「你還猜不出來嗎？」她反問。

我冷靜想了想，既然莉芸說她是我的國中同學，那麼……

『妳一定是那個我救過的女孩！』我恍然大悟。

「你救過的女孩？」

『是啊，我那時爲了妳跟一個凶巴巴的女孩打架。』我說，

『其實妳也用不著如此，都那麼久的事了，妳不必放在心上，也不必

覺得愧疚或是感激之類的。』

她靜靜看著我，沒回答我的話，臉上掛著一種古怪的笑容。

『我猜錯了？』我問。

「我現在還會凶巴巴嗎？」

『啊？』我很驚訝，『難道妳是……』

「我就是那個跟你打架的女孩。」

她說完後，微微一笑。

雖然我對那女孩已幾乎沒有印象，只保留「凶巴巴」這關鍵字。

但眼前的莉芸就是當初那個凶巴巴的女孩？

這兩個人的樣子在我腦海裡根本重疊不起來啊。

「國中的我較邋遢，不注重儀容，同學常取笑我不愛乾淨。」她說，
　「那天我隔壁的女同學又笑我髒，還編首歌嘲笑我，我氣不過便跟她
　　爭吵，然後動手。男生打架是扭打，女生會互抓頭髮。因為我頭髮
　　很短，所以佔了優勢。這時突然聽到有人說：放開那個女孩！」

『放開那個女孩？』我說，『這是周星馳電影裡的台詞吧。』

「是呀。」她笑了笑，「但你當時確實是這麼說。」

『那是我說的？』

「嗯。」她點點頭，「你跑過來後只把我推開，因為我正在氣頭上便
　　也推了你一把。你剛好踩到掉在地上的鉛筆盒，腳下打滑，在摔倒
　　之際，頭撞到牆角……」

『不是桌角嗎？』

「是牆角。」

「後來你父母帶你去看醫生，還照了核磁共振。醫生說你的海馬迴
　　可能受傷了，有一點點萎縮的現象，不過他並不確定。」她說，
「醫生建議你多閱讀，你便養成長期閱讀的習慣。我相信這是導致你
　　後來眼壓過高的原因。」

『我的眼壓過高？』

「半年前在湖邊烤肉時，你告訴我的。」

她看了我一眼，然後輕輕嘆口氣。說：

「那次事件後，我經常會作一種夢，夢裡的你總是抱著頭喊痛。」

『痛？』

「是的。」她說，「夢裡的你總是喊痛。」

「但從此以後，即使我們是同班同學，也不再交談。我很想接近你，
　　卻不敢接近你。直到國中畢業典禮完後，我才終於鼓起勇氣問你：
　　痛嗎？」

『妳問我：痛嗎？』

「嗯。」她說，「但你回答：不關妳的事。」

『我……』

「沒關係。」她微微一笑。

「高中時你念男校、我念女校，但我們和你一個高中同學都在同一家

補習班補習，我常問他你在學校裡發生的事。」

『他是誰？』

「他可以算是你高中時最好的朋友，我和他這些年來偶爾有聯絡。他去年曾在麥當勞門口跟你偶遇。」

『麥當勞？』我好像有一點點殘存的記憶，『高中同學？』

「高二時有次補習班下課後，你找不到腳踏車，以爲有人暫時騎走，於是你待在原地等了一個多小時。但其實只是你記錯腳踏車停放的位置而已。」

『妳怎麼知道我的想法？』

「我躲在暗處，陪你等。」她說，「後來我覺得再等下去不是辦法，便走到你腳踏車眞正停放的地點，把它騎去給你。還好你的腳踏車總是忘了上鎖。」

「當你看到我時，說：妳怎麼選中我這輛破腳踏車？然後便急著騎車回家。」她說，「你只離開一會，又騎回來說：妳別誤會，我只是覺得這種男生騎的腳踏車不適合女生。說完後又掉轉車頭離去。」

『這……』

「原本我很擔心你看到我時的反應，但從你的反應看來，你已經忘記我了。」她淡淡笑了笑，笑容有些苦澀，「從此我像背後靈一樣，在你未察覺的情況下，默默跟著你。」

聽到這裡時，所有因她而生的驚訝，已漸漸轉變爲感動。

「高三畢業前夕你們在舞台上的表演，我去看了。那枝竹掃把很大，

你不小心刮到大腿內側，突然在台上大叫一聲，台下都笑翻了。」
她說到這裡便笑了起來，笑聲停止後，接著說：
「你們表演完下台後，我跑去問你：痛嗎？」
『喔？』
「你當時就是這種疑惑的眼神。過了一會，你才說：還好。」

「我們考上了同一間大學，但不同科系。你大一時參加環保社，我也
　　跟著加入。四草的紅樹林之旅，我也有去。」
我仔細看著牆上那張一群人乘坐舢舨的照片，說：
『但妳似乎不在照片裡。』
「因為我是拿相機的人。」她笑了笑，「後來社團還去曾文溪口觀賞
　　黑面琵鷺，不過要回學校時，卻發現你不見了。」
『我不見了？』

「我在一處灌木林中找到你，你那時正抱著頭蹲在地上。我……」
她頓了頓，吸了吸鼻子，呼出一口氣後，接著說：
「我想起我的夢，眼淚便掉了下來。擦了擦眼角後，我便扶你起來。
　　你說你迷路了，好像置身大海或沙漠，不知道該朝哪個方向走。」
我不由得想起今天在台北街頭時的心慌。
「我問你：痛嗎？你回答：不是痛，只是慌。」

「大三時我和你都選修了台灣民間風俗，我們還在同一組。」她說，
「我們那組有六個組員，為了交期末報告，一起到東港參觀王船祭。
　　當王船繞行街頭時，鞭炮聲四起，你還衝進鞭炮陣中拍攝王船。」

『看來我膽子真大。』

「我看你身上沾了一些鞭炮屑，便問你：痛嗎？」她笑了笑，

「但你回答：不痛，而且很爽。」

「大四時我在你家附近的7-11打工，常看見你進來買東西。」她說，

「有天早上你急著上課，自動門還沒開啓時，你便衝進來，結果撞到

玻璃門。由於力道很大，玻璃門還因此有些故障。我問你：痛嗎？

你回答：是不是如果會痛，就不用賠錢？」

「你當兵時，我知道你會坐火車，也知道你有隨時隨地閱讀的習慣，

所以我到火車站前的敦煌書局工作。」她說，「我常幫你找書架上

的書，也會提醒你火車快開了。」

『還好有妳。』

「你退伍前夕，最後一次來書局時，我問你：痛嗎？」她說，

「你似乎嚇了一跳，然後才說：當兵不會痛，只是無聊。」

「退伍後你到台北工作，我沒跟去，我知道你沒辦法認得台北的路，

沒多久便會回台南。果然三個月後，你就回台南工作了。」

『然後妳……』

「我開著一輛小貨車，每天早上在你公司樓下賣早餐。你常常跟我買

早點，有次你問我：為什麼只賣三明治和飯糰，不賣蛋餅之類的？

我回答：你不覺得煎蛋餅時，蛋餅會痛嗎？」她笑了笑，

「你說我是奇怪的人。從此以後，我就是奇怪的人了。」

「三年前你搬進這社區，我和莉莉便到公園旁的庭園咖啡店工作。」

『莉莉？』我說，『就是妳妹妹啊。』

「是呀。」她笑了，「當你走進咖啡店時，莉莉會很忙，因為我總是
　盡量找機會跟你說話。」

『果然是粒粒皆辛苦。』

「你總是點熱咖啡，我便記下了。你說你鼻子不好，氣候突然改變時
　容易鼻塞，比天氣預報還準，所以我在冰滴咖啡中加威士忌。你點
　咖啡時會交代濃一點，所以你喝的冰滴咖啡，滴速不是１０秒７滴，
　而是１１秒７滴。有次我還問你：一個人吃飯的心情如何？你回答：
　好像有點寂寞吧。」她頓了頓，微微一笑，然後說：

「從此我便陪你一起吃飯。」

我不再覺得驚訝，只有滿滿的感動。

「從國二之後，到我開這間店之前，我們在公園旁的庭園咖啡店說了
　最多話，相處的時間也最久，有時我甚至有種你快記起我的錯覺。
　可惜你始終記不住我。」

『抱歉。』我很慚愧。

「如果要說抱歉，也是該我說。」她笑了笑，「八個月前庭園咖啡店
　老闆要把店拆掉改建房子，我知道你很喜歡那個魚缸，便買下它。
　然後借了一些錢，租下這裡開了間簡餐店。」

「我害怕遺忘，也害怕被遺忘。」她說，「所以店名叫遺忘。」

『這段話我好像聽過。』

「嗯。」她點點頭,「十天前我跟你說過。」

『妳的記性真好。』我嘆口氣,『不像我,一次又一次遺忘妳。』

「我的記性好,是因為我害怕遺忘你的一切。」她笑了笑,「也因為
　我害怕被你遺忘,所以直到半年前的湖邊烤肉,我又重新開始。」

『重新開始?』

她理了理衣角,順了順頭髮,臉上掛著甜甜的笑。說:

「我會把自己弄得乾乾淨淨,並盡可能讓自己看起來溫柔優雅。然後
　走到你面前,說句話。」

『哪句話?』

「我是蘇莉芸,叫我莉芸就可以了。」

『妳這樣……』我不知道該如何形容,『好像很可憐。』

莉芸笑了笑,輕輕聳了聳肩,然後搖搖頭。

「雖然你始終記不住我,但我會想盡辦法靠近你,找話題跟你說話。
　可能是因為我一直想問你:痛嗎?所以話題常跟痛有關。」她說,

「只要能夠靠近你,幫你記住你可能會遺忘的記憶,我就很滿足了。
　至於你記不記得我,只是蛋糕上有沒有草莓而已。」

她說完後,又笑了笑。依然是乾淨的、甜甜的、令人放心的笑容。

我很仔細地看著莉芸,這個多年來出現在我夢裡的女孩。

原來所謂的夢,其實是記憶。不管是前世,或是今生的過往。

或許也可以說,所謂的記憶,只不過是一場夢而已。

我感覺到一陣暈眩，腦袋變得沉重。

雙手不禁抱住頭，閉上雙眼。

雖然莉芸今晚這席話，幫我找回失落已久的記憶；

但今晚她在「遺忘」裡所說的話，可能過不了多久，我還是會遺忘。

甚至這段期間在「遺忘」裡的所有記憶，將來有天也會失去。

我會再度忘了莉芸。

我和莉芸一樣，害怕遺忘，也害怕被遺忘。

如果有天起床後，我忘了自己是誰，該怎麼辦？

莉芸那時會在哪裡？

如果她忘了我呢？

「痛嗎？」莉芸問。

『很痛。』我抬起頭，看了她一眼。

莉芸伸出右手，在空中停留幾秒後，

終於緩緩放下，輕輕撫摸我的頭髮。

「當你在大海或沙漠中迷路，我會划著小船或是騎著駱駝，靠近你。

　雖然在你的記憶裡，我可能永遠只是一個髒兮兮又凶巴巴的女孩。

　但有些記憶不會儲存在皮層、也不儲存在海馬迴；那些記憶會永遠

　儲存在心中。」

莉芸用左手指著左胸，臉上依舊掛著乾淨的笑容。

「呀？我該去接莉莉了。」莉芸看了看錶後，站起身說：

「你先幫我看一下店，我待會就回來。」

『妳要早點回來。好嗎？』我的聲音突然有些哽咽，

『因為我覺得，我快要忘記妳了。』

「在你忘記我之前，我會回來的。」

莉芸說完後笑了笑，轉身走到店門口，摘了兩枝迷迭香。

她把一枝迷迭香放進我上衣的口袋，另一枝迷迭香拿在手中。

「你知道迷迭香的花語嗎？」

我搖搖頭。

「迷迭香的花語就是『回憶』。」莉芸說，「迷迭香的濃郁香氣具有

　增強腦部活動的效果，古老的偏方中就是利用迷迭香來幫助記憶，

　於是迷迭香便被視為永恆回憶的象徵。從此以後迷迭香成為戀人們

　宣誓對彼此永不忘記、至死不渝的信物。」

我聞到上衣口袋中迷迭香的香氣，低著頭深深吸了一口。

「迷迭香，那是回憶。親愛的，請你牢記。」莉芸笑了笑，說：

「這可是莎士比亞《哈姆雷特》劇中的對白呢。」

我抬起頭，看著莉芸明亮的雙眼。

「還有，你知道童話故事《睡美人》的原始版本嗎？」

我又搖搖頭。

「在《睡美人》的原始版本中，昏睡了一百年的睡美人並不是被白馬

　王子吻醒，而是被一束迷迭香所喚醒。」

「將來某天，如果你已忘了我……」莉芸輕輕晃了晃手中的迷迭香，
「我也會用迷迭香喚醒深藏在你心中的記憶。」
我答不出話，只覺得迷迭香的香氣越來越濃。

「差點忘了。」莉芸吐了吐舌頭，「迷迭香餅乾已經烤好了。」
她走進吧台，拉開烤箱，拿出烤好的餅乾，走出吧台。
「你吃吃看。」她笑了笑，「這是我第一次烤迷迭香餅乾。」
『妳用烤箱烤迷迭香餅乾，它不會痛嗎？』
「不會。」她說，「迷迭香是回憶，我所有跟你在一起的回憶都是
　甜美的，根本不會痛。」

莉芸拉開店門，回頭朝我笑了笑，說：
「無論在何時何地，如果你已經忘記我，我一定會摘下一枝迷迭香，
　別在胸前。然後走近你，跟你說一句話。」
『哪句話？』
「我是蘇莉芸，叫我莉芸就可以了。」
莉芸又笑了，很甜，很溫柔，也很乾淨。

於是像要喚醒什麼似的，整間「遺忘」裡，瀰漫著迷迭香的香氣。

～ The End ～

遇見自己，在雪域中

1. 來自西藏的神秘邀約

2007年12月19號，我收到一封署名「七喜」的信。

信上的文字有些虛無縹緲，大意是說如果想找到自己，就來西藏。

這對我很有吸引力，因為我常常找不到自己。

尤其是考試過後看榜單時。

更何況西藏幾乎是世界上最聖潔、最純淨的地方，多少人夢寐以求。

不過考慮到我得教書，還沒有安排假期的心理準備，

只好把這封信當作一個誘人的廣告。

當我想從信件中查看「七喜」到底是何方神聖時，掉出一張機票。

台北飛香港、再由香港飛上海，而且機票上面竟然是我的名字！

在這詐騙橫行的年代，我無法天真地相信這是事實。

但這張機票看起來應該不假，我便打了通電話到航空公司詢問，

發現有人已幫我訂好了三天後飛往上海的機位。

機票是真的、機位也訂了，整件事情開始變得詭異。

幾經思量，按捺不住衝動，撥了信上留的電話號碼。

電話剛接通，正準備詢問為什麼幫我買機票訂機位時，

那端反倒先開了口。

「沙子漏完了沒？」她問。

『啊？』我很納悶，『妳說什麼？』

「你耳背嗎？」她說，「我再問一次，沙子漏完了沒？」

『為什麼這麼問？』

「如果你答不出來，你手中的機票三十秒內會自動爆炸。」

現在是怎樣？在拍電影「不可能的任務」嗎？

『漏了三次後，終於漏完了。』我隨口說。

「你答對了。」她說，「把台胞證號碼給我。」

『為什麼？』

「台灣同胞入藏得申請批准。我可以幫你申請。」

『妳不是詐騙集團吧？』我問。

「如果我是詐騙集團，我會承認嗎？」

『當然不會啊。』

「那你還問。」

我猶豫了一下後，起身拿出台胞證，唸了號碼給她。

「12月22號晚上，我已經幫你在上海萬寶酒店訂了間房。」她說。

『連房間都訂了！』我不禁低聲驚呼。

「是的。」她說，「錢也付了。」

『啊？』我開始口吃，『這……』

「還有問題嗎？」

『飯店有附早餐嗎？』

「問點有意義的問題！」她的聲音突然變大。

『好。』我說，『如果我不去呢？』

「你不來的話，你手中的機票三十秒內會自動爆炸。」

『妳還來這套！』

「總之，」她下了結論，「三天後上海碰頭。」

然後電話斷了。

雖然整件事透著古怪，也擔心是詐騙集團的新花招，

但實在想不出我可以被騙走什麼？

莫非現在詐騙集團已不流行騙走金錢，改走欺騙感情路線？

考慮了一天後，我決定接受邀約，去拜訪諸佛的國度——西藏。

我向學校方面請了四天假，請假的原因寫上：

「到上海為兩岸學術文化交流略盡棉薄之力。」

「蔡老師。」校長說，「這活動太有意義了，四天不夠。」

『喔？』

「我再多給你兩天。」校長笑了，「要好好宣揚本校啊！」

『嗯。』我略低下頭，心虛了。

請了六天假，連同前後兩個星期六、日，我共有十天假期。

西藏的冬天可不是件好玩的事，我得好好準備禦寒衣物。

去書局翻了翻介紹西藏的書，也順手買了一本關於西藏的旅遊書。

西藏的美自然不在話下，所有的影像或照片讓西藏看起來像是仙境。

但去過的人都是挑春、夏、秋三個季節，沒人在冬天去。

我心裡有些忐忑不安。

臨行前一天，我跟學生告知要去西藏的訊息。

「老師，別擔心。」學生說：「佛菩薩一定會保佑你的。」

『為什麼？』我問。

「因為你從沒當過人，想必積了很多陰德。」

『最好是這樣。』

「記得要回來啊，我們這學期的學分就等你來給了。」

『盡力而為了。』我說。

「一路小心啊！」

「要平安回來啊！」

「要健康而完整的回來啊！」

學生的聲音散在12月底的寒風中，越來越細、越來越遠。

唉，好淒涼。

拉著行李，坐上飛機到香港，然後再轉機到上海浦東機場。

在機場櫃台詢問公交車路線，搭上公交車進入上海市區。

下了公交車，攔了輛計程車到萬寶酒店。

進了房，卸下行李，才剛進浴室洗完臉，門鈴便響起。

我打開房門，一個30歲左右留著短髮的女子站在門口。

『妳就是七喜？』我說。

「我不姓七。」她說,「我姓饒,叫饒雪漫。是個導遊。」

『饒小姐妳好。』

我小心翼翼咬字,免得把「饒」唸成「老」。

我請她進房,她才走進房門兩步,便問:

「七喜這名字,讓你想到什麼?」

『嗯……』我想了一下,『一種飲料廠牌。英文叫7-UP。』

「那麼7-UP代表什麼?」她又問。

『白雪公主跳脫衣舞。』

「呀?」她瞪大眼睛。

『白雪公主旁邊不是有七個小矮人嗎?』我說,『他們都是男的,
    所以當白雪公主跳脫衣舞時,他們會有生理反應,就UP了。』

「你……」她漲紅了臉,幾乎說不出話。深吸了一口氣後,說:

「這就是你的答案?」

『嗯。』我點點頭,『所以我答對了?』

「這沒有對不對的問題,只是測驗你跟七喜的緣分而已。」

『那我跟七喜的緣分一定很深,所以答案才會這麼漂亮。』

「這答案低俗得很!」她聲音又突然變大。

她努力讓自己平靜後,給了我上海飛成都、再由成都飛拉薩的機票,
日期是明天上午。

還有一張「進藏台灣同胞批准函」。

『果然是送佛送到西啊。』我很開心。

「藥帶了嗎？」她問。

『藥？』我很納悶，『什麼藥？』

「你沒聽過高原反應嗎？」她很訝異。

『聽過啊。』我說，「不過應該還好吧。」

「夏天也許還好，但冬天的西藏高原既冷、空氣含氧量又只有平地的
　60%，有些地方甚至不到50%。高原反應的症狀會更劇烈的。」

『我什麼藥都沒帶啊，怎麼辦？』

「不怎麼辦。」她說，「反正那是你的因果。」

『喂。』

「你只要記得，剛進入西藏時，動作放輕、腳步放慢，做什麼動作
　都要慢慢、慢慢地來。適應了以後就沒問題了。」

『喔。』

「還有一點最重要，進入西藏前三天，千萬不要洗澡。」

『為什麼？』

「若是感冒就糟了。還沒適應西藏的氣候前，洗澡很容易感冒的。」

『真的不能洗澡？』

「我像開玩笑嗎？」她板起臉，「我保證你洗完澡後就會進醫院。」

『哈哈哈……』我大笑了起來。

「笑什麼？」

小時候家裡沒熱水器，冬天要洗澡時媽媽總是燒一鍋開水送進浴室。

但一鍋熱水哪夠用？於是常常得在浴室裡發抖等熱水。

所以我小時候最討厭的事，就是在冬天洗澡。

沒想到這世界上還有冬天絕對不能洗澡的地方，那簡直是天堂啊。

『我一定會在西藏找到自己。』我笑得很開心。

「也許七喜選錯人了。」她仔細打量了我一會，然後說：

「你必須再通過一個測驗。」

『什麼測驗？』

她從包裡拿出一本書給我，說：「仔細看完每一頁、每一個字。」

我翻開第一頁，發現裡頭的字根本不是漢字。

『不用測了，我完全不會。』

「你不必看得懂，你只要看就夠了。」

『只要看？』我皺起眉頭，『看不懂文字，看有什麼用？』

「看就對了！」她提高音量。

我不敢再頂嘴，低下頭，快速掃過每一個字，掃完後再翻頁。

這本書很薄，不過才20多頁，不過紙質相當堅韌，顏色偏黃，

而且紙上有不規則紋路，甚至還有像草一樣的東西黏在上頭。

『看完了。』我將書還給她。

她接過後，又從包裡拿出兩個像餅之類的東西。伸手遞過來，說：

「這是藏民的主食——糌粑。你吃吃看。」

『謝謝。』我沒接過，『我先洗個手。』

「幹嘛先洗手？」

『咦？』我很疑惑，『吃東西前先洗手很正常吧。』

「不用洗了。」她把糌粑收回包裡，「你通過測驗了。」

『啊？』

「這本書的紙是藏紙，藏紙主要原料是一種叫狼毒草的有毒野草，
　因此藏紙不怕蟲蛀鼠咬，也不會腐爛。用藏紙製成的經書，即使
　歷經千年仍是完好無損。」她頓了頓，接著說：

「狼毒草連狼都怕，何況是人。你剛剛用手指翻了書，如果不洗手
　就直接吃東西的話，恐怕……」

『恐怕怎樣？』

「死是死不了，不過或許會拉肚子吧。」她終於露出微笑，

「總之，恭喜你。你通過測驗了。」

『這算哪門子測驗？』我大聲抗議，『這是整人而已嘛！』

她沒理我，收拾好東西，說：

「我還有旅遊團要帶，比你晚一天出發。不過我已經安排了人去拉薩
　機場接你。」她說，「你試著在西藏尋找自己，如果還是找不到，
　可以到珠穆朗瑪峰腳下的村莊，或許可以得到解答。」

說完後，她留下手機號碼，便走了。

我滿肚子疑惑，坐在床邊沉思。

不知不覺間，把手指伸進嘴裡輕咬著，這是我的習慣。

然後心裡突然閃過一道光亮。

哇！

狼毒草啊！

glance

回
眸

2. 布達拉宮的壁畫

昨晚睡覺前拼命漱口，確定嘴唇還是紅色後才勉強入睡。

也許是心理作用，早上起床後到坐上往成都的班機前，

總是覺得嘴唇隱隱發麻。

在飛機上吃了點東西，發現沒有口吐白沫的現象，才漸漸放心。

到了成都機場，先到轉機櫃台辦理登機手續。

我遞給服務人員那張「進藏台灣同胞批准函」。

「你是台灣同胞？」他看了我一眼。

『嗯。』我點點頭。

「去西藏的目的？」

『這是個好問題。』

「嗯？」

『沒事。』我說，『到西藏旅遊。』

可能因為現在是多天，而且我只是一個人，

因此他打量我的眼光帶點狐疑。

辦好登機手機，登上成都飛往拉薩的班機，機上多數是藏民。

三個小時後，飛機抵達拉薩貢嘎機場。

我謹記饒雪漫導遊的吩咐，一離開飛機，便放慢速度、放慢腳步。

行人從我身旁匆匆而過，連三歲小孩都走得比我快，
而且還回頭嘲笑我。
我好像變成剛登陸月球的阿姆斯壯，在機場太空漫步。
從下飛機到走出機場，如果不包括提領行李的時間，
短短的路程我走了將近20分鐘。

剛走出機場，視線便被藍天所吸引。
那是單純乾淨的藍，完全不見一絲雜質甚至是雜色。
以前覺得藍天是虛無縹緲的存在，現在卻有種它離我很近的錯覺，
似乎伸長了手就能觸摸。

迎面走來一個20多歲的長髮女子，濃眉大眼，五官透著一股艷麗。
她手上捧著一條白色哈達走到我面前，我彎下腰低下頭，
她將哈達掛在我後頸上。
「扎西德勒。」她說。
『扎……』
「扎西德勒。」她說，「藏語意思是吉祥如意，用來問候與祝福。」
『謝謝。』我說。

「為什麼這麼久才出來？」她問。
『因——為——我——要——慢——慢——適——應——高——原
　　——氣——候——啊。』我一字一字，緩緩說。
她看了我一眼，說：「你跟我筆下的人物好像。」
『嗯？』

「我叫滄月，是寫奇幻小說的作家，我小說中常會出現鬼怪人物。」
她說，「那些鬼怪通常都是這樣說話的。」

為了避免得到高原反應，被美女小小嘲笑一番是可以容忍的。
滄月領著我走向車子，才走了半分鐘，我就已經落後10多步。
她鑽進車子、繫好安全帶、倒車出來時，我還有30公尺的路途。
我終於上了車，用七個分解動作繫上安全帶。

「我下次想塑造一個長痔瘡的小說人物。」滄月說，
「你走路的姿勢給了我靈感。」
『最——好——是——這——樣。』我仍然一字一字說。
「別再這麼說話了。」她說，「說的人還沒得高原反應前，聽的人就
　已經會有高原反應了。」

從機場到拉薩市區，大約還有一個小時的車程。
沿途我們幾乎不交談，只有經過聶塘大佛時，她簡單介紹一下。
聶塘大佛就在路邊的山壁上，是彩繪浮雕石刻佛像。
相傳是元朝帝師八思巴所建。
佛像附近掛滿了藏民拋獻的哈達，遠遠望去，頗為壯觀。

車子順著雅魯藏布江的支流——拉薩河走，四周都是山。
道路與偶見的藏式民居，應該都在河谷兩岸。
西藏果然不愧是高原，放眼望去都是山，山山相連。
人們只能在切山而出的河谷兩岸居住。

「夏天西藏很美，花紅草綠；但現在花謝了，草色也染上灰。」
快到拉薩市區時，滄月終於主動開了口，「為什麼冬天來西藏？」
『聽說冬天的西藏很乾？』
「嗯。」她點點頭。
『正因為乾，天空完全沒有雲，只是純淨的藍。』我說。
她視線略微朝上，我相信她跟我一樣會發現，天空沒有一絲雜色，
是一氣呵成的藍。

「沒想到冬天的西藏天空這麼清澈、純粹、湛藍。」她說，
「但你還沒回答我的問題。」
『如果夜市裡的人非常稀少，逛起來便會少了一點味道。』我說，
『但西藏的遊客如果太多，西藏深層的美，就聽不見了。』
「聽不見？」
『西藏的美，不光是用眼睛看，還要用「心」去「聽」。』我說，
『所以我決定冬天來，傾聽西藏的聲音。』

我說完後，她沉默了一會。直到車子進了拉薩市區，她才開口：
「我今年夏天失戀，一度有輕生的念頭，朋友勸我來西藏。夏天的
　西藏真的好美，我逐漸忘掉失戀的苦痛。但冬天一到，我似乎又
　想起以前那股失戀的劇痛。」
『生命還是值得熱愛的。』我說。
「剛剛在機場看到你走路的樣子，讓我想起了一句老話。」
『哪句話？』

「螻蟻尚且偷生。」說完後，她終於笑了。

車子到了飯店，我下了車，還是用螻蟻掙扎求生的姿勢走路。
「西藏人有句俗話：傻瓜是不會得高原反應的。」滄月說，
「所以你放心，你不會有高原反應。」
『最好是這樣。』
「雪漫明天就到了，有問題可以找她。我走了，再見。」
車子重新起動後，又聽見她說：「我也會用心傾聽西藏的聲音。」

我提著行李，走到櫃台辦理手續。飯店大堂的藏式彩繪，別具風味。
進了房，卸下行李，簡單洗個臉後，天色也漸漸暗了。
離開飯店到街頭走走，拉薩雖小但還是像座城市，沒想像中荒涼。
我鑽進一家藏式茶館，點了碗藏牛肉麵。
麵條的外觀跟一般麵條相似，只是用青稞粉製成，口感較粗韌。
牛肉是犛牛肉，很有嚼勁。湯頭也很清甜。

吃完麵便慢慢走回飯店，不用洗澡的冬夜顯得格外幸福。
到目前為止，身體似乎沒有高原反應的症狀，真是可喜可賀。
看了一會電視，覺得睏了，倒頭就睡。
睡到一半卻被電話鈴聲吵醒，是櫃台打來的。

「您好，本飯店即將停電，請問您需要蠟燭嗎？」
我看了看錶，12點半耶！睡著的人還要蠟燭做啥？
『好吧。』我嘆口氣，『可以照亮我受傷的心。』

我躺在床上，沒多久「咚」一聲，電果然停了。

然後敲門聲響起，我下床在黑暗中摸索前進，走到門邊。

剛打開房門，心臟差點從嘴裡跳出來。

『唵嘛呢叭咪吽。』我脫口而出六字真言。

櫃台的藏族姑娘先是一楞，然後笑了起來。

「先生。」她笑說，「我是人，不是鬼。」

完全漆黑的世界裡，突然有人拿支蠟燭，火光映在臉上。

正常人都會嚇一大跳吧。

應該叫滄月來住的，這一定可以提供她寫奇幻小說的靈感。

把蠟燭放在電視旁，正準備再入睡時，突然想到一個嚴重的問題。

深夜的拉薩氣溫是零下，沒電的話就沒暖氣，那……

趕緊套上毛衣，再從衣櫥裡翻出一床棉被，蓋了兩層棉被才敢入睡。

高原上的日出特別晚，八點多天才微微亮。

我等到九點多天色看來像是平地的早晨後，才出門。

拉薩的計程車很有人性，只要在市區內都是１０塊人民幣。

我攔了輛計程車，到了布達拉宮山腳下，下了車。

布達拉宮蓋在海拔３７００多公尺的布達拉山上，主樓高超過１１０公尺。

這座世界上海拔最高的宮殿，依山疊砌，氣勢磅礴。

還沒來西藏前，早就在電視、書本或明信片上看過布達拉宮了。

但親身站在山腳下仰望布達拉宮，還是被它的氣勢所震撼。

紅、白、黃色石塊的主體建築，在純藍天空的襯托下，更顯壯麗。

布達拉宮嚴格限制每天遊客的數量，因此旅遊旺季時若沒先訂票，

恐怕得排上24小時以上才有機會入內參觀。

雖然由於青藏鐵路開通，進藏方便多了，於是遊客大幅增加。

但冬天進入西藏的遊客依然少之又少。

所以我根本不用排隊，直接買了票，登上布達拉宮。

爬上又高又陡的石階梯，高原稀薄的空氣讓這段路途更吃力。

要進入宮門前，被牆上色彩鮮豔的彩繪佛像吸引住目光。

我拿出數位相機拍個過癮，因為一進宮門後就不准拍照了。

帶著虔誠謙卑的心，我腳步放輕，仔細欣賞每一寸的美。

我從紅宮進入，紅宮高四層，有各類佛像殿；

還有存放歷代達賴喇嘛法體的靈塔，靈塔都以純金包裹、寶玉鑲嵌。

從五世達賴到十三世達賴，但獨缺六世達賴倉央嘉措的靈塔。

白宮高七層，是歷代達賴喇嘛生活起居和政治、宗教活動的場所。

我從白宮後面的甬道下山。

布達拉宮真是一個神聖而莊嚴的宮殿，除了大量的文物珍寶外，

還有各式各樣的唐卡以及各種材質雕塑而成的佛像。

宮內到處是色彩豔麗的精美壁畫，有些年代已超過1300年，

但看來依舊是栩栩如生。

布達拉宮的廁所也很神奇。

說是廁所，其實只是一個長方形的洞，洞下懸空，

可以俯瞰百公尺下的山崖。

如果有人上廁所，山下的人應該可以體會李白詩中：

「飛流直下三千尺，疑是銀河落九天」的意境。

離開布達拉宮，我到圍繞大昭寺的環形街道——八廓街逛逛。

這條已有1300多年歷史的街道，兩旁盡是古老藏式建築，

白牆黑框、彩色窗簾。

店鋪裡面琳瑯滿目的唐卡、飾品、法器等，讓人流連忘返。

我買了些藏式小飾品，回台灣可以送人。

回到飯店後，剛躺下休息沒多久，電話便響了。

「我是雪漫。」她說，「晚上到瑪吉阿米來吃飯。」

『瑪吉阿米在哪？』

「你隨便問個人就曉得了。」

『妳也是人啊。』我說，『我現在就隨便問妳。』

「到八廓街一問就知道了！」

電話掛了。

天色已逐漸灰暗，我躺在床上看著今天拍的數位相機圖檔。

正讚嘆布達拉宮的宏偉氣勢時，突然直起身。

因為我看到有張佛像壁畫上，有兩個光圈。

記得當時是在室內，也沒有陽光，怎會出現光圈呢？
而且其他的照片都很正常啊。

莫非……？

布達拉宮紅宮門外的壁畫。
佛像下巴附近，有兩個明顯的光圈。

純藍天空下的布達拉宮。

3. 瑪吉阿米

我帶著滿肚子疑惑走進瑪吉阿米。

瑪吉阿米是一間藏式小酒館，在八廓街東南角。

周圍都是白色藏式建築，只有這座兩層小樓塗成黃色，酒館在二樓。

一樓堆了些雜物顯得凌亂，順著狹窄的樓梯，我爬上二樓。

今晚剛好是耶誕夜，酒館內的氣氛頗為熱烈。

饒雪漫所帶的旅遊團員共有七位，在靠窗的長桌坐下。

她們今天傍晚時分才到拉薩，聽說已有四位團員有高原反應。

木質的桌椅古色古香，桌上點了兩盞酥油燈，

並擺滿藏式、印度、尼泊爾菜餚。

另外還有香濃的酥油茶，以及店家自釀的青稞酒，酒味甘甜柔順。

在西藏過耶誕節，那真是想都沒想過的事。

在佛的國度裡慶賀耶穌的誕生，也是挺有趣的。

這場盛宴的氣氛很歡樂，認識的或不認識的都互相道聲耶誕快樂。

我起身四處看看，酒館正中擺了個書架，放滿了書和留言簿。

店裡每一件擺飾、每一樣器皿，都充滿濃厚的西藏風味。

牆壁塗成暗黃色，掛滿老照片和佛教意味濃厚的彩繪作品。

當我看到牆上一幅彩繪佛像時，突然又想起佛像壁畫上的光圈。

我便坐了下來，拿出數位相機，再仔細端詳一番。

「你怎麼看起來晃晃悠悠的？」
我聞聲抬頭，看見一個體型高大的男子，臉上掛著微笑。
『因為我的心支離破碎了。』我說。
男子發出爽朗的笑聲，然後坐了下來，在我對面。

「我叫石康。」他說，「目前是這家店的老闆。」
『目前？』
「老闆出國玩去了，讓我幫他看一個月。」
『喔。』
「喜歡這裡嗎？」
『非常喜歡。』
「知道為什麼店名叫瑪吉阿米嗎？」
我搖搖頭。

「三百多年前的某個月夜，這裡來了個神秘人物。恰巧這時也有個像
　　月亮般美麗的少女走進店裡，少女的容貌和笑顏深深印在神秘人物
　　的心裡。從此，他常常光顧這裡，期待與那位美麗少女重逢。」
石康說到這，斟了一杯青稞酒，遞給我。接著說：
「神秘人物後來寫了首詩，那首詩在西藏幾乎人人都會吟唱。」
『什麼詩？』
「在那東方高高的山尖，每當升起那明月皎顏，
　　瑪吉阿米醉人的笑臉，會冉冉浮現在我心田。」

『那位少女叫瑪吉阿米？』我問。

「瑪吉阿米不是人名。」石康搖搖頭，「瑪吉在藏文的意思是未染，可解讀成聖潔、純真。阿米的原意是母親，藏人認為母親是女性美的化身，母親的身上有女性所有內外在的美。因此瑪吉阿米的意思應該是純潔的少女或未嫁的姑娘。」

『原來如此。』我點點頭。

石康朝我舉杯，我也舉杯，彼此乾杯。

「你知道那位神秘人物是誰嗎？」石康放下杯子後說。

『不知道。』

「六世達賴喇嘛——倉央嘉措。」

『啊？』我大吃一驚，『難道當初倉央嘉措時常溜出布達拉宮，就是跑來這間小酒館嗎？』

「沒錯。」石康哈哈大笑，「就是這裡。」

我不自覺地站起身，環顧四周。

關於六世達賴喇嘛倉央嘉措的故事，充滿著傳奇色彩。

五世達賴喇嘛圓寂時，當時西藏的第巴——桑結嘉措為了政權考量，採取秘不發喪，並對外偽稱五世達賴仍在人世。

康熙御駕親征準噶爾後，才從戰俘口中得知五世達賴早已圓寂多年，便下旨責問桑結嘉措。桑結嘉措只得趕緊讓倉央嘉措坐床。

因此倉央嘉措雖然5歲時即被尋訪為轉世靈童，但一直被秘密隱藏，直到15歲時才坐床，入主布達拉宮。

倉央嘉措坐床後，西藏內外動盪紛亂，政權仍由桑結嘉措獨攬，
倉央嘉措其實只是傀儡。

他厭倦現實，也不願爭權奪利，於是變得懶散且喜好遊樂。

後來拉藏汗擒殺了桑結嘉措，掌握了西藏大權，便想廢掉倉央嘉措。

拉藏汗上奏康熙，指責倉央嘉措終日沉溺酒色、不守清規。

康熙下令將倉央嘉措執獻京師，在押往北京途中，他病故於青海。

藏人自撰的歷史書則說是拉藏汗派人將他害死於青海湖邊。

那年倉央嘉措才24歲。

但也有人說他沒死，他的貼身侍從兼好朋友扮成他的模樣受死，

因此他逃掉了，然後輾轉各地弘法傳教。

無論何種說法，布達拉宮都不會有六世達賴倉央嘉措的法體靈塔。

「倉央嘉措在西藏一直是個家喻戶曉的人物。」石康說，

「他也真是特立獨行，身為活佛，卻寫下大量浪漫的情詩。」

『嗯。』我點點頭，『我也拜讀過他的詩歌。』

「不在布達拉宮當活佛，卻時常溜到這裡與情人幽會。」石康笑了，

「他的詩句也曾提到他在雪地留下腳印而使形跡敗露呢。」

『或許倉央嘉措始終不覺得自己是活佛，只是個平凡人而已。』

「喔？」石康的表情有些驚訝。

『倉央嘉措十五歲時才坐床，這年紀已經不算小孩了。坐床前他一直
　生活在民間，或許在世俗中待久了，會覺得自己比較像人吧。』

「或許吧。」石康說，「只有打從心裡相信自己只是凡人，才會做出許多違反清規的風流韻事。」

『大家都說倉央嘉措是爲了與情人幽會而溜出布達拉宮，似乎只把這當風流韻事看待。』我看了看石康，『你想聽聽我的說法嗎？』
石康又在我杯子裡斟滿酒，並比了個「請」的手勢。
『倉央嘉措在坐床前有個愛人，當他在布達拉宮時，之所以不顧各方責難、突破重重阻礙而溜到這兒來，那是因爲這家店裡端酒少女的側面，很像他的愛人。』
石康坐直身子，眼睛一亮。

『從自由自在的平凡人，突然變成至高無上的活佛，一定很難適應。戒規森嚴的宮廷生活、終日誦經禮佛、沒有權力的虛位，倉央嘉措活得並不開心。他日益厭倦政治鬥爭，卻無法逃離，只有更加思念註定無法在一起甚至無法再見面的愛人。』我的口氣很平淡，『所以，他來到這裡。』

『或許倉央嘉措就是常常坐在我這個位置，靜靜望著那位美麗少女的側面，獨自喝著酒，思念他的愛人。只有在這個時候，他才會感覺自己是活著的吧。』
我舉起酒杯，望著櫃台，綁馬尾的藏族姑娘正忙碌著。
石康也轉過身，看了櫃台一眼。

『只恐多情損梵行，入山又恐負傾城。

世間哪得雙全法，不負如來不負卿。』

「這是？」

『倉央嘉措的詩句。』我說。

「當一個平凡人，好像比較幸福。」石康說。

『嗯。』我點點頭。

我和石康同時沉默了一會，然後石康舉杯邀我乾杯。

「你的說法比較有趣。」石康笑了笑。

『想知道台灣版的倉央嘉措結局嗎？』我說。

「台灣版？」

『嗯。』我笑了笑，『因爲我是台灣人。』

「哈哈。」石康笑了，「有朋自遠方來，得再喝三杯。」

說完後，我和石康又乾了一杯。

『他既沒有在青海病故，也沒有四處流浪傳教，而是偷偷回到家鄉，
　　與愛人重逢，然後平淡過完一生。』

「這結局挺美的。」石康又哈哈大笑。

『或許因爲台灣某位小說家非常同情倉央嘉措，便編了這個結局。』
我說，『這就是所謂，小說家的善念吧。』

「你就是那位編結局的小說家吧。」石康笑了笑。

『我不是小說家。』我說，『只是偶爾寫小說而已。』

「你的本業是？」

『水利工程師。』

「喔？」石康微微一愣，「很難想像。」

『大家都這麼說。』我笑了笑。

「對了。」石康像突然想到什麼似的，拍了一下頭，問：

「爲什麼你剛剛一直看著相機發呆？」

『你看看。』我將相機螢幕轉向他。

「咦？」石康只看一眼，「怎麼會有兩個光圈？」

『我也百思不解。』我搖搖頭。

「相機給我。」石康突然站起身，「我去打印出來。」

『好，相機給你。』我說，『但這家店給我。』

「20分鐘內我沒回來，這家店就是你的。」石康邊跑邊說。

15分鐘後，石康回來了，手裡拿了張A4大小的紙。

『只差五分鐘。』我說。

「好險。」石康笑了。

印成紙張的相片，光圈更明顯了，我和石康仔細琢磨著。

但始終得不到合理的答案。

「或許是佛菩薩顯靈呢。」石康開玩笑說。

『是嗎？』

「大昭寺有個活佛，你可以去問問看。」

『活佛想見就能見？』

「當然不行。」石康搖搖頭，「但你還是可以碰碰運氣。」

我和石康又討論了一會，還是得不出解答。

把這張A4的照片對折兩次，夾進台胞證內，我便起身告辭。

「只要有空，歡迎隨時來這裡坐坐。」石康說。

『嗯。』我點點頭，然後揮揮手。

剛走出瑪吉阿米，抬頭望了一眼星空。

那不正是倉央嘉措詩句中的皎月嗎？

三百多年前倉央嘉措離開這裡要再溜回去布達拉宮時，

是什麼樣的心情呢？

我回到飯店門口，嚇了一跳，裡面黑漆漆的。

順著記憶中的方位，摸黑剛走到櫃台邊，又嚇了一跳。

櫃台內點了支蠟燭，火光又映在那位藏族女服務員臉上。

『唵嘛呢叭咪吽。』我說。

「今晚這裡停電，但十分鐘後電就會來。」她笑了笑。

我打開手機，藉著手機的微弱光亮，摸索著前進。

整間飯店似乎只有我一個房客，寂靜得可怕。

好不容易爬上四樓，找到自己的房門號，用鑰匙開門進去。

躺上床，不管眼睛閉或不閉，四周都是黑的。

我思索著明天該去哪？

就依石康的建議，去大昭寺吧。

「咚」的一聲，電來了。

瑪吉阿米的招牌圖樣。

瑪吉阿米的耶誕盛宴。

4. 大昭寺活佛

大昭寺位於拉薩古城中心，西元647年興建，距今超過1300年，
是藏傳佛教最神聖的寺廟，歷代達賴或班禪的受戒儀式都在這舉行。
它也是西藏最早的木結構建築，融合漢、藏、尼泊爾、印度的風格。
大昭寺帶給我的震撼超過布達拉宮，不是因為它的建築輝煌壯麗，
而是順時針繞著大昭寺磕長頭的虔誠藏民。

立正，口誦六字真言，雙手合十高舉過頭，向前一步；
雙手保持合十移至額頭前，再走一步；
雙手繼續合十移至胸前，跨出第三步。
膝蓋著地後全身伏地，掌心向下雙手伸直向前劃地，額頭輕扣地面。
起身後，周而復始。

這些虔誠的藏民，雙手和膝蓋戴著護具，藏袍衣角沾滿晨露與塵土。
身子匍匐於地、掌心向前劃地時，發出沙沙的聲響。
他們雖然滿臉風霜，表情卻總是肅穆。
靠著堅強信念，用身體丈量土地，三步一拜，緩緩繞行。
即使只是順時針繞著大昭寺走一圈，也得花幾個小時吧。

如果是遠在各地的藏民要到大昭寺來朝聖呢？
他們得跋山涉水、餐風露宿，一路磕長頭，完全不靠任何交通工具。

遇到要涉水時，也會在河岸邊磕滿河寬的距離，再設法過河。
全程保持磕長頭的姿勢，可能得花上數年才能抵達心中的聖地。

而在大昭寺旁邊，也有一群在原地磕長頭的藏民。
雖然他們並不需要步行，但每個人都認為最少要磕滿一萬次頭，
才能表達虔誠。

我在大昭寺外被這些磕長頭的藏民深深打動，呆立許久。
終於醒過來後，買了票，走進大昭寺。
沿順時針方向參觀寺廟，從畫滿彩繪佛像的千佛廊，穿過夜叉殿、
龍王殿，繞過數百盞酥油燈，來到覺康殿。

覺康殿最著名的，就是釋迦牟尼12歲時的等身像。
這尊金身佛像由印度送給中國，再由文成公主帶入西藏。
它的意義不僅僅在於歷史價值、文物價值或是藝術價值，
最重要的是，這尊佛像跟2500多年前真實的釋迦牟尼一模一樣。
等身像是釋迦牟尼得道後，應徒眾要求所建造和真身一樣的佛像。
據說參照了佛祖母親的回憶，並由釋迦牟尼親自開光。

藏人深信，在等身佛像前祈禱，就等於直接向佛祖祈禱。
而且只要夠虔誠，願望就會實現。
我很慶幸這時的遊客非常稀少，只有我獨自站在這尊等身佛像前。
不知不覺間，學習大昭寺外磕長頭的藏民，在佛像前原地磕長頭。
我祈求佛祖保佑這世界祥和安康，也請保佑我這次西藏之行順利。

一次又一次，不知道磕了多少次頭，直到聽見有人說：

「你是從台灣來的？」

我停止磕頭，站起身，回過頭看見一位40歲左右的喇嘛。

『你怎麼知道？』

我很納悶，莫非我長著一副蕃薯臉，所以一看便知從台灣來的？

「你的台胞證掉了。」

他手裡拿著淺綠色的台胞證向我晃了晃。

我摸摸外套口袋，台胞證確實不見，可能是剛剛磕長頭時掉了。

我接過他遞過來的台胞證，說了聲謝謝。

瞥見夾在台胞證內的A4照片，我鼓起勇氣說：『請問……』

「有事嗎？」他聞聲回頭。

我將照片攤開，遞給他，問：『你知道這是怎麼回事嗎？』

他看了照片一眼，似乎嚇了一跳。

「想見活佛嗎？」他突然問。

『可以嗎？』我有些不敢置信，『真的可以嗎？』

「應該可以。」

『那我該怎麼做？』我很緊張。

「獻哈達就行。」他微微一笑。

我趕緊到大昭寺外面八廓街上買了條白色哈達，再回到大昭寺。

喇嘛引領我在寺內前進，沿途慎重交代一些禁忌，

如不可碰觸活佛身體和配戴的佛珠，也不可要求拍照等。

走到一個看似平凡無奇的房間時，他要我在門外候著，然後他走進。

當他探身出來朝我點個頭後，我帶著緊張與恭敬的心走進房。

活佛坐在鋪了藏毯的矮床上，床邊腳下擺了盆木炭火爐，炭火正旺。

我雙膝跪地，雙手捧著哈達高舉過頭，身體彎腰前傾，

雙手平伸將哈達捧到活佛足下。

活佛用手接過，將哈達掛在我後頸上，然後用兩端打了個結。

眼角瞥見活佛右手拿了本經書，將經書輕放在我頭頂。

活佛口中喃喃出聲，似乎唸著經文。

我閉目聆聽，直到誦經聲停止。

「你可以起身了。」身後的喇嘛低聲說。

我緩緩站起身，彎著腰低下頭，退後兩步至喇嘛旁，再直起身。

「扎西德勒。」活佛雙手合十。

『扎西德勒。』我趕緊又彎腰低頭，雙手合十。

活佛微微一笑，看起來年紀雖超過七十，笑容卻像純真的孩子。

本想開口詢問照片上的光圈，但又擔心這樣很不禮貌。

正不知該如何是好時，身旁的喇嘛開了口：

「每個光圈代表一尊佛菩薩。」

『啊？』我吃了一驚，轉頭看著喇嘛。

「活佛剛跟我說，這表示你與佛有緣。」喇嘛又說，

「他提醒你，要隨時隨地記得心存善念。」

『嗯。』我雙手合十，朝活佛點了點頭。

活佛又對著我微微一笑，口中說了幾句話。

活佛說的應該是藏語，我聽不懂，不知該如何應對。

「藍天刺白矛，枯柳披金衣。」喇嘛說。

『什麼？』

「活佛的話翻成漢語，大致是這意思。」

我心裡默唸這兩句話，但完全不懂涵義。

喇嘛提醒我該離開了，我便跟著他走出房門。

「那是金剛結，可以避邪。」喇嘛指著我胸前哈達上的結，

「記得別解開。」

『我知道了。』

我跟喇嘛互道了聲扎西德勒，他將照片還我，便走了。

我登上大昭寺頂層絢麗的金頂，俯視大昭寺廣場，

又遙望遠處山頂上壯觀的布達拉宮。

沉思了許久，才離開大昭寺。

經過一排排圓柱形的轉經筒，我開始順時針轉動所有的轉經筒。

轉經筒外壁刻上六字真言，轉經筒內部也裝著經咒。

藏民相信每轉動一次轉經筒，便等於誦了一遍轉經筒內的經咒。

轉完了轉經筒，便在八廓街上隨意漫步，走著走著來到瑪吉阿米。

我上了二樓，走進店內，剛好遇見石康。

石康拉著我在靠窗的桌子坐下，然後拿了壺酥油茶過來。

「見到活佛了嗎？」

『見著了。』我說。

石康很驚訝，問起活佛的種種，我告訴他活佛說的那兩句話。

「藍天刺白矛？」石康猛搔頭，「枯柳披金衣？」

我搖搖頭，表示我也不懂。

「藍天刺白矛這意思太簡單了。」

我和石康同時轉過頭，一位穿黑衣黑褲戴黑帽的年輕男子站在桌旁。

「你們看。」黑衣人右手指向窗外，「那就是藍天。」

我和石康面面相覷，不知道該說什麼。

「再拿根白矛刺刺看就知道了。」黑衣人又說。

「混蛋！你說啥！」石康站起身。

黑衣人一溜煙跑到樓梯口，說：

「我不是混蛋，我是神秘人蔡駿。」

說完後，便跑下樓。

石康說西藏這地方雖然聖潔，但還是有瘋子。

「不過枯柳這句倒讓我想起一樣東西。」石康突然說。

『什麼東西？』我問。

「公主柳。」

石康帶我走到大昭寺前的小廣場，在著名的「唐蕃會盟碑」旁，
有一座圍牆，圍牆內種了株柳樹。
據說這是當年文成公主親手栽種的，所以當地人稱「公主柳」。
石康說公主柳夏天時仍有茂密翠綠的葉，但冬天葉子掉光了，
或許可視之爲枯柳。

我們在公主柳旁待了許久，也研究了半天，
始終猜不透「枯柳披金衣」的意思。
天色暗了，賣藏飾品的小販也開始收攤，我們便離開。

「難得來西藏一趟，你多出去走走。」石康說，
「邊走邊琢磨，或許可以得到解答。」
我想想也是，便點點頭，再跟石康告別。

回到飯店房間，簡單洗個臉後，打算下樓吃晚飯。
走進電梯，看著電梯門上發亮的數字：4、3、2、1。
發亮的「1」突然變暗，電梯內的燈光也瞬間熄滅。

啊？又停電了！

大昭寺活佛在哈達上打的金剛結。

大昭寺旁乾枯的公主柳。

5. 藍天刺白矛

電梯內的緊急呼叫鈴似乎失去了作用，按了幾次也沒回音。

試著在電梯裡喊：『來人啊！救命啊！』

外面也沒回應。

打開手機，帶來一點光亮，而且手機內也還有訊號。

想了一下，只能撥電話給饒雪漫。

『我被困在電梯內了。』我說。

「那是你的因果。」她淡淡地回答。

『喂！』

饒雪漫撥了通電話到飯店櫃台，櫃台來了人到電梯門口。

「裡面有人嗎？」外面的人輕輕敲著電梯門。

『現在有。』我說，『但過不了多久，可能會變成鬼。』

「您再忍耐一下，我們正緊急發電。」

20分鐘後，電梯門開了。

我走出電梯，櫃台的藏族姑娘給了我一個歉意的笑。

活佛提醒我要隨時隨地心存善念，因此我也沒抱怨。

我只說：『唵嘛呢叭咪吽。』

又撥了通電話給饒雪漫，感謝她的幫忙。

「我們明天會到林芝。」她說，「車上還有空位，一起去吧。」

我回了聲好，然後到外面隨便吃點東西填飽肚子。

吃完晚餐回飯店，不敢再搭電梯，只好爬樓梯回房。

隔天一早，拉著行李在飯店門口等著雪漫團的旅行小巴來接我。

「早上好。」櫃台的藏族姑娘臉上掛著笑。

『唵嘛呢叭咪吽。』我說。

「那是六字真言，不是問候語。」她說。

『妳執著了。』我笑了笑。

「要去哪玩？」她問。

『林芝。』我說。

「那是西藏氣候最好的地方。」

『那裡不會停電吧？』

她笑了笑，表情有些不好意思。

『我是開玩笑的。』我也笑了笑。

「那是金剛結嗎？」她突然指著我胸前問。

『嗯。』我說，『大昭寺活佛打的。』

「那麼你一定可以看見南迦巴瓦峰。」她說。

正想問南迦巴瓦峰是什麼時，車子剛好到了。

冬季的西藏，入夜後溫度迅速降至零下，太陽出來後還是很冷。

直到下午兩點過後，才會稍稍覺得溫暖。

我剛上車便發現遺留在車上三分之一滿的礦泉水已結成冰。

而沿路上到處可見的冰窪也見證了夜晚的冷。

拉薩到林芝約400公里，走的是風景最美、路況卻最險的川藏公路。

沿途經過達孜、松贊干布的故居——墨竹工卡、工布江達等。

車子總在群山間盤繞，山的外貌都不一樣，有時像白髮老者；

有時像身上穿著灰綠色藏袍的朝聖者；有時像傲骨嶙峋的俠客。

車子在海拔超過五千公尺的米拉山口略事休息。

依舊是深邃且清澈的藍天，附近的山頭上滿是積雪。

整個山口被藍、白、紅、綠、黃的五彩經幡覆蓋，一片幡海旗林。

經幡迎風飄揚，據說每飄動一下便意味誦經一次。

在這風勢猛烈的米拉山口，我可能已經聽了上萬次誦經聲。

長途跋涉的車，為了降低拋錨風險，車內並未開空調。

因此即使坐在車內，身上仍是全副武裝，圍巾、手套都沒卸下。

中午下車吃午飯時，仍然戴著手套拿筷子，感覺有些笨拙，

像外國人剛學著拿筷子吃飯的樣子。

走了十個小時才到林芝地區首府所在地——八一鎮，晚上在此過夜。

這是一座新興現代化城市，市容跟拉薩明顯不同，氣候也溫暖多了。

我吃過晚飯後在街頭漫步一會，漸漸感到舟車勞頓的疲累，

便回飯店鑽入被窩睡覺。

隔天起了個早，吃完早餐後走出飯店，四周的山上飄了些白雲。

這是我進藏第五天，第一次看見藍天裡有白雲。

林芝果然不愧有「西藏的江南」之稱，氣候濕潤多了，

平均海拔也「只有」三千公尺。

飯店外面停了輛Jeep四輪驅動越野車，一個年輕男子站在車旁。

我聽見他嘆了一口氣，嘴裡嘟囔說著：「零下一度啊。」

『《零下一度》是本好書。』我說。

他微微一愣，然後笑了笑，說：「沒錯。」

我和他在車邊聊了起來，他看起來只有20多歲，年輕而帥氣。

他說他叫韓寒，是個賽車手，從成都沿川藏公路開到這裡。

待在林芝三天了，一直沒看清楚南迦巴瓦峰的樣子。

『南迦巴瓦峰？』這是我第二次聽到這名字。

南迦巴瓦峰是世界第十五高峰，海拔7782公尺。

2005年《中國國家地理》雜誌評選為中國最美的十大名山之首。

之所以會有這樣的評選結果，主要的原因是由於它的難見性。

南迦巴瓦峰所在地空氣濕潤度大，以致雲層偏低，所以能見度很低。

人們常說珠穆朗瑪峰一年只有29天接受世人的瞻仰，

但能清楚看見南迦巴瓦峰全貌的天數，比珠穆朗瑪峰還要少。

「前兩天我只看見南迦巴瓦峰的朦朧身影。」韓寒嘆口氣說，

「剛剛聽說色季拉山上是零下一度，空氣又濕潤，恐怕會下雪。那就

更難見著南迦巴瓦峰了。」

我想起昨天離開拉薩時那位藏族姑娘的話，便說：

『別擔心。今天一定可以看見南迦巴瓦峰。』

「為什麼？」韓寒很疑惑。

我指了指胸前的金剛結，告訴他拜見大昭寺活佛的事。

「你可以跟我一道去看南迦巴瓦峰嗎？」韓寒問。

『有何不可。』我說。

韓寒很高興，請我上了車，我們便出發。

車子開始爬上色季拉山，翻越色季拉山的途中可以遠眺南迦巴瓦峰。

一開始山上還是雲霧裊繞，爬了一會雲層似乎散去一些。

我們邊欣賞四周的美景邊聊天，心情很愉悅。

突然間，韓寒大叫一聲，然後將車子停在路旁，打開車門跑出去。

我也跟著離開車子，只見一座雪白的山峰突然矗立在眼前。

那就是南迦巴瓦峰。

南迦巴瓦峰與我所站的地方，垂直落差超過四千公尺。

對仰觀者而言，這種視覺震撼是非常強烈的，

也因此更能感受所謂山峰之高與峻。

此時約早上11點，藍天只是單純的藍，沒有半點白雲，空氣清淨。

南迦巴瓦峰的全貌一覽無遺，毫無掩飾。

「值了！值了！」韓寒很興奮，「摔車都值。」

韓寒又叫又跳，從車上拿出腳架，拼命拍照。

我靜靜體會這種視覺上的震撼，身子某部分好像已飄向南迦巴瓦峰。

我突然想起「藍天刺白矛」這句話。

不遠處有個朝聖者正三步一拜，沿路磕長頭，從山上往下。

這種繞著心中的神山沿途磕長頭的方式，應該是所謂的「轉山」。

他經過我面前時，我看了一眼，他的外貌看來像是漢人。

當他不知道第幾千或幾萬次從匍匐於地到爬起身時，動作突然停了。

「那是金剛結嗎？」他的臉朝向我。

我點了點頭。

韓寒似乎也對這位朝聖者好奇，便走過來詢問。

這位朝聖者叫路金波，是內地的出版商。

一年前到西藏後，深深被磕長頭的藏民所打動，也開始磕長頭。

這一年來繞著神山轉山、繞著聖湖轉水，為土地與世界祈福。

路金波對金剛結很感興趣，我也簡單告訴他大昭寺活佛說過的話。

「你們知道南迦巴瓦在藏語中的意思嗎？」路金波問。

『不知道。』我和韓寒同時搖頭。

「南迦巴瓦的意思，就是直刺藍天的長矛。」

「啊？」我很驚訝，不禁又轉頭看了一眼南迦巴瓦峰。

我恍然大悟，這應該就是「藍天刺白矛」。

『那麼枯柳披金衣呢？』我問。

「我也不知道。」路金波搖搖頭,又說:「不過半年前我在日喀則
　　的扎什倫布寺時,倒是對寺廟外的高原柳印象深刻。」
我默記扎什倫布寺這名字,打算前去。

「可以請你為我祝福嗎?」路金波說。
『扎西德勒。』我雙手合十。
「謝謝。」
路金波點個頭後,轉身繼續三步一拜,往山下磕長頭。
「要記得按時給作者版稅啊!」韓寒朝他的背影大喊。

韓寒了卻觀賞南迦巴瓦峰的心願,想往西到拉薩,邀我同行。
我心想饒雪漫她們會待在林芝玩三天,便決定與韓寒回拉薩。
沿途偶見沿公路磕長頭的藏民,在綿延的山路中,
他們的身影看似寂寞,在我眼裡卻很巨大。
我和韓寒都覺得,這是我們在西藏所見,最令人感動的景象。

韓寒畢竟是賽車手,回拉薩的旅途快多了。
當我閉目休息時,南迦巴瓦峰的景象便浮上腦海。
車子突然劇烈顛簸,我便睜開雙眼。
「這裡在修路。」韓寒說。

看了看四周,發現是水資源局的工程,像是興建電廠。
原本不以為意,又閉上眼,但腦中的白矛突然刺破藍天。
我明白了。

西藏河川上游的水量常來自融雪，多天天氣冷，融雪量少。
而且西藏多天的降雨量遠比夏天少，因此多天河川水位很低。
西藏主要依賴水力發電，多天水位低、水量少，發電量自然更小；
但因為多天必須常開暖氣的關係，用電量卻比夏天大。
這說明了西藏多天的發電量根本不夠，所以得趕緊興建電廠，
也說明了為何這次我在拉薩天天遇到停電。

我好像明白了什麼，又好像開始擔心起什麼。
不過水力發電是乾淨的能源，不會對環境造成污染，應該可以放心。
但心裡還是隱隱覺得不安。

晚上八點半回到拉薩，布達拉宮的夜景非常燦爛奪目。
我們找了家川菜館（其實西藏的內地菜幾乎都是川菜）吃麻辣鍋。
吃到八分飽時，服務員走過來說：
「十分鐘後即將停電，可不可以請你們先付帳？」

韓寒覺得很誇張，我倒是已經見怪不怪。
韓寒年輕，身手較敏捷，掏錢包的速度比我快多了。
因為他很會賺錢、人又帥，如果不讓他請客，他會折壽的。
活佛提醒我，要心存善念，所以我抱著慈悲的心讓他請客。

我建議韓寒到拉薩的另一頭找飯店。
「為什麼？」他問。
『如果我猜的沒錯，拉薩會採取輪流停電。』我說。

我們果然在沒有停電的區域找了一家飯店，互道了晚安後，
便進房歇息。

雖然可以開著暖氣睡覺，但我反而有些失眠。

南迦巴瓦峰，海拔7782公尺。藏語意為「直刺藍天的長矛」。

6. 枯柳披金衣

一早醒來，韓寒說要載我到日喀則的扎什倫布寺看看。

『你才剛到拉薩，不多待幾天嗎？』我說。

「反正我要到珠穆朗瑪峰，日喀則是順路。」他笑了笑，

「從珠穆朗瑪峰回來時，再留在拉薩玩幾天。」

日喀則距拉薩約300公里，走的是中尼公路，路況好多了。

過了曲水大橋後，我們先往南到羊卓雍錯遊覽。

「錯」在藏語裡是「湖」的意思，因此所謂羊卓雍錯便是羊卓雍湖。

羊卓雍錯是西藏三大聖湖之一，海拔4400公尺。

往羊卓雍錯的途中得翻過海拔超過五千米的崗巴拉山口，山路狹窄。

彎道據說有九十九道彎，車子常貼著懸崖邊盤旋而上。

一旦兩車交會，恐怕得提心吊膽，稍一不慎便會墮入萬丈深淵，

尖叫十幾秒後也未必會碰到地面。

還好多天人車非常稀少，沿途並未與任何車輛交會，只遇見一群羊。

「這地方練習賽車技術最好。」韓寒笑著說。

車子抵達山頂，聖湖羊卓雍錯便在眼前一覽無遺，湖平如鏡。

據說夏天時湖水是碧綠色，但此時四周的山無半點綠意，

天空卻是純粹的藍。

湖水的顏色便跟天空一模一樣，水天一色。

羊卓雍錯在群山環抱中顯得雍容嫻靜，完全沒有波動。
站在山頂俯視清澈且湛藍的湖水，感覺眼前的景色是平面而非立體。
湖水好像是天上的神畫上去的，並非真實存在人間。
我們只不過是看到神的繪畫作品而已。

遠處的山峰還有一座世界上海拔最高的羊湖水力發電站，
利用羊卓雍錯跟雅魯藏布江之間超過800公尺的落差進行水力發電。
但眼前的羊卓雍錯是如此平靜，既無流入的水，也無流出的水。
千百年來她便這麼靜靜地躺著，連呼吸時也看不見起伏。
如今要放水發電，她是否會被驚醒？

雖然羊湖水力發電站是抽蓄發電站，亦即用電尖峰時放水發電；
用電離峰時，再用多餘的電力將雅魯藏布江的水抽回羊卓雍錯。
換言之，抽蓄發電的最大意義是在調配用電，並非增加電量。
因為放水時產生多少電，把那些水抽回也就要相同的電。

如果西藏的電量始終不夠，又該如何調配？
會不會因而放的水多、抽回的水少？
如果這樣，那麼美麗的羊卓雍錯是否會逐漸蒼老？

正胡思亂想間，韓寒拍了拍我肩膀，說該上路了。
繞回曲水大橋，沿著世界上海拔最高的天河——雅魯藏布江西進。

沿途見到不少高原柳，但看起來跟大昭寺旁的公主柳沒什麼兩樣，都呈現葉子掉光的乾枯樣貌。

四點半左右，終於抵達後藏首府和政教中心——日喀則。

扎什倫布寺就在日喀則西北方，是歷代班禪的駐錫地。

寺內有五世至十世班禪的法體靈塔。

扎什倫布寺西邊有座強巴佛殿，「強巴」是藏語「未來」的意思。

未來佛就是漢地的彌勒佛，釋迦牟尼佛涅槃後五十六億七千萬年，將下生人間成佛。

剛走進強巴佛殿只覺得莊嚴，不經意抬起頭時突然震驚。

有尊佛像約七層樓高，矗立在眼前，感覺伸長了手就能碰觸。

這是世界上最大的鍍金銅像，佛像高22.4公尺，蓮花座高3.8公尺，總計26.2公尺。

佛像上鑲嵌了各類寶石，眉宇之間更鑲了一顆核桃般大小的鑽石。

昏暗的寺內照明，讓佛像看起來像是「畫」在牆壁上，有些虛幻。

我左右移動了幾步，才確定佛像是立體的，而且真實存在。

說來奇怪，不管我站在哪裡，總覺得強巴佛正微笑地注視著我，

彷彿說：「嘿，你來了。」

我心裡暖暖的，有一種幸福感。

走出強巴佛殿，韓寒便問：「你為什麼一直在笑？」

『有嗎？』

話一出口，才發覺嘴角掛著笑。

然後我索性笑了起來，韓寒看了我一眼，應該是覺得我瘋了。

在扎什倫布寺內行走，腳下的路是石塊鋪砌成，高高低低也多曲折。

經過幾百年來寺內僧侶的走動，石塊表面非常光滑，常得小心腳下。

像迷宮般密佈的白牆黑框僧舍，緊湊連接著，走道總是狹長而深邃。

喇嘛們常在轉角一閃而過，來不及捕捉身影。

我突然有種錯覺，「辨經」快開始了，我得加快腳步。

「走慢點！會摔跤的。」韓寒的聲音。

這時才醒悟，我只是遊客，並不是寺內的僧侶。

時間快六點半，很快便要天黑，是該離開扎什倫布寺的時候了。

路金波曾說寺廟外有高原柳，但剛來扎什倫布寺時，也沒瞧見。

「枯柳披金衣」到底是什麼？目前一點頭緒也沒。

一走出寺門便聽見歌聲，好奇之下循聲走去。

在寺廟圍牆邊，一位藏族小孩背著藏式六弦琴正自彈自唱：

「那帕伊勒西拉，里沙依奇拉薩哈……」

唱到後來，越彈越快、越唱越快，腳下也配合節拍踩著舞步。

藏族小孩唱完後，笑了笑便離開。

注視他的背影一會，看見他的左手邊立了一排約三層樓高的高原柳。

江南的柳樹總在水邊，婀娜多姿，像含羞的美人；

但高原柳不同，雖然樹枝依舊茂密且婀娜，樹幹卻總是挺立。

眼前的這排高原柳，葉子早已掉光，看似乾枯，卻有一股堅毅之氣。
而且株株高大挺立，全身金得發亮。
我腦裡響了聲悶雷，莫非這就是「枯柳披金衣」？

『韓寒，你沒近視。』我揉了揉眼睛、擦了擦眼鏡，深怕這是幻覺，
『請你告訴我，這些高原柳是金色的嗎？』
「這……」韓寒張大了嘴，似乎很驚訝，「竟然是金色的。」

原以為只是陽光的反射，但舉目四望，並沒有陽光射進扎什倫布寺。
已經七點了，四周呈現太陽剛下山時的景色。
即使是寺廟的金頂，此時也已顯得有些灰暗，不再金碧輝煌。
但這排高原柳卻發著金光，像傳說中的金色佛光。

耳畔隱約傳來喇嘛們的誦經聲，我仰頭注視金色的柳，傾聽誦經聲。
我覺得自己變得很乾淨，可以清楚看見內心，甚至跟靈魂對話。
『你從哪裡來？』、『你現在在哪裡？』、『你要往哪裡去？』
我一口氣問了自己的靈魂三個問題。

「不管輪迴了多少次，你總是問相同的問題。」
我彷彿聽見靈魂的回答。
『那是因為你從來不給答案。』我說。
「你執著了。」靈魂說。

『為什麼？』我問。

「如果問題根本不存在，又何必要有答案。」靈魂回答。

不知道跟靈魂對話了多久，突然間，腦海裡浮現一幅影像：

20年前，我考完大學聯考準備填志願的那個午後。

我記得從沒在志願卡上填上水利系，所以當放榜結果是成大水利時，

我甚至打電話去詢問是否電腦出錯？

這些年來，這個謎團始終存在心中。

但此刻腦海中的影像清晰地顯現，那個午後我坐在書桌前望著窗外。

我在窗外的天空看到一團東西，像是光，又像是影。

然後我好像突然領悟了什麼東西，於是低下頭開始劃志願卡。

我看到我在志願卡上劃了成大水利的代碼，我甚至還看到代碼。

心下突然雪亮。沒錯，我確實填了水利系。

「喂！偷生的螻蟻！」

腦海中的影像被打散。我轉過頭，竟然看見滄月在十步外。

『妳怎麼也在這？』我往她走了幾步。

「你走路變正常了。」滄月笑了笑，「沒得到高原反應吧？」

『我已經忘了有高原反應這件事了。』我也笑了笑。

滄月說那天從機場載我到拉薩後，便到處走走，今天剛好來日喀則。

這幾天她看了很多，也體驗了很多，心境改變了不少。

「西藏人說：幸福是圓的東西，不容易背。」她說，「所以任何可能帶來幸福的東西，哪怕是一丁點，都要更加珍惜，呵護於手中。」

『妳似乎頓悟了。』我說。

「我已經聽見西藏的聲音了。」她說。

『喔？』

「只要心夠靜，就聽得見。」她笑了笑，「你剛剛不也在聽？」

『如果心夠靜，那麼聽見的是自己？』我說，『還是西藏？』

「你執著了。」她又笑了笑。

「生命果然值得熱愛。」滄月笑著說：「我得好好寫篇小說，宣揚螻蟻尚且偷生的觀念。」

『最好是這樣。』我說。

「明天我要啟程前往珠穆朗瑪峰，祝福我吧。」滄月說。

「我也是耶！」韓寒用手指著自己的鼻子，插進一句話。

滄月沒理會韓寒，跟我道聲再見後轉身便走。

韓寒的手，依然指著自己的鼻子。

「這姑娘好怪。」韓寒把手放下，說。

『喔？』我問，『怎麼怪法？』

「我長這麼帥，她竟然都沒看我一眼，也沒跟我說半句話。」

『你執著了。』我笑了笑。

雖然已聽不見喇嘛們在大殿裡低沉的誦經聲，

但我仍然可以從四周的空氣中，捕捉到呢喃的迴盪。

或許這就是滄月所說的，西藏的聲音。

我和韓寒在日喀則找了家賓館，吃過晚飯後便休息。

我躺在床上，想起過去20年來時常埋怨當初念了冷門的水利，

而不是熱門的電機、機械或資訊，以致常覺得鬱鬱不得志。

或許因為如此，這些年來的求學和工作並不是很順利。

但現在心中法喜充滿，這一世當個水利工程師應該是有特殊意義的。

剛閉上眼試著入睡，喇嘛們低沉的誦經聲彷彿又響起。

而金色的高原柳在腦海裡越來越大，最後整個畫面充滿金色。

扎什倫布寺外，金色的高原柳。

靜謐的羊卓雍錯。

7．巴松錯中錯

一覺醒來，神清氣爽，彷彿得到新生。

韓寒要繼續西行到定日，然後前進珠穆朗瑪峰；我則要回到拉薩。

我和韓寒道別，並感謝他這幾天的幫助。

『聽說過了日喀則，路就不好走了，幾乎都是土路和泥石路。』

我握了握他的手，『路上小心。』

「別擔心。」韓寒笑了，「我可是拿過賽車冠軍呢。」

韓寒揮揮手，便鑽進車子。

『要好好拍電影啊！』韓寒的車子起動後，我朝車後大喊：

『別光顧著和女孩子談戀愛啊！』

「師兄！」韓寒將頭探出窗外喊：「這樣也是一種執著啊！」

告別了韓寒後，我到貢覺林路上搭車回拉薩。

西藏的公車只是小巴，不是一般城市裡常見的公車。

因為只有小巴才能在綿延幾千公里的山路上行駛。

沿途見到幾次陣陣白煙，通常在遠處升起。

那叫「煨桑」，是西藏最普遍的祭祀活動，隨著縷縷上升的白煙，

人們認為自己的身、語、意和願望，已傳遞給神靈。

我也閉目祈禱，祈求能好好扮演這一世的角色。

下午四點左右回到拉薩，然後又到第一天來拉薩時所住的飯店。

安頓好行李後，直奔瑪吉阿米。

「哇！」石康帶著一壺青稞酒走近我，「幾天不見了！」

我和石康便聊起這幾天的所見所聞。

「原來藍天刺白矛、枯柳披金衣是這意思。」石康似乎恍然大悟。

我說我的假期快結束了，不打算去珠穆朗瑪峰，打算明天離開西藏。

石康說他這代理老闆的身份今天也會結束，明天真正的老闆會回來。

「明天我送你到機場吧。」石康說，「然後我也想去珠穆朗瑪峰。」

這次西藏之行認識了一些新朋友，臨別前夕有些不捨。

我和石康就在瑪吉阿米內拍了幾張照，留作紀念。

『啊？這……』我看著數位相機內的圖檔，說不出話。

石康將頭湊過來一看，驚訝地說：「又是光圈！」

「我還是去打印出來吧。」我們同時沉默一會後，石康終於開口。

那是我和石康站在掛滿老照片的黃牆前的合影，

光圈出現在某張老照片上頭。

這次的光圈只有一個，而且呈現金色，

和布達拉宮佛像壁畫上的光圈明顯不同。

我沒跟石康再打20分鐘內回來的賭，只是靜靜坐著等他。

石康將帶有光圈的那張老照片影像裁剪下來，放大印成一張A4紙。

我們坐著琢磨一會，又站起身到牆前研究那張老照片有何特異之處？

甚至研究那張老照片的裱框。

結果都是一樣，看不出奇特的地方。

石康拿起數位相機，用相同的角度往同樣的地方拍了幾張，

照片也都很正常。

『難道還要再去問大昭寺活佛嗎？』我苦笑著。

「不好吧。」石康也苦笑，「再問下去，活佛便可兼職幫人分析靈異

　　照片了。」

「問我吧。」

我和石康聞聲轉頭，又是穿黑衣黑褲戴黑帽的神秘人蔡駿。

「你應該是懂得一個屁股。」石康說。

「什麼意思？」蔡駿問。

「懂個屁！」石康大聲說。

蔡駿不理會石康，直接坐了下來，向我伸出手。

我將那張A4紙遞給他。

「嗯……」蔡駿沉思一會，說：「我懂了。」

『真的嗎？』我很驚訝。

「沒錯。」蔡駿站起身，突然伸手指向我和石康的身後，說：

「外星人！」

我和石康反射性回頭，但什麼也沒看到。

轉頭回來時，蔡駿已拿走那張紙並跑到樓梯口。

「混蛋！」石康大罵。

「我不是混蛋，我是神秘人蔡駿。」蔡駿跑下樓，邊跑邊說：

「我去問大昭寺活佛。」

晚飯時分快到了，石康說今晚乾脆讓他請吃飯。

盛情難卻之下，我便留下來吃晚飯。

菜很豐盛，我對牛肉餅和香濃的犛牛酸奶留下深刻的印象。

吃過飯後，正準備告辭時，蔡駿又突然出現在樓梯口。

「活佛見到我了。」蔡駿說。

「說反了吧。」石康說。

「我沒說反。」蔡駿說，「我沒見到活佛，但活佛見到了我。」

『什麼意思？』我聽不太懂。

原來蔡駿跑進大昭寺內，在佛祖等身像前拼命磕長頭。

可能是因為他嘴裡咬著紙，喘不過氣；也可能是他磕頭太用力，

磕了一會頭後，他便暈過去了。

等他醒來後，身旁站了位喇嘛，喇嘛說活佛剛好經過看見昏倒的他，

也看見他嘴裡咬的紙。

活佛除了幫他灌頂外，還說了一句話。

「哪句話？」石康問。

『喇嘛把活佛的話翻成漢語，寫在一張紙條上給我。』蔡駿說。

「紙條呢？」石康問。

蔡駿沒回答，從口袋裡拿出一樣東西。

「看鏢！」蔡駿突然說。

只見一團東西朝我和石康飛過來，我反射性閃開。

「唉唷！」石康慘叫一聲。

我見到那團東西躺在地上，彎腰撿了起來。

那是一張揉成團的紙條包裹著一顆小石頭。

『是雞血石嗎？』

我看見石頭上的紅色部位，便用手指擦了擦，顏色竟然掉了。

『啊？』我嚇了一跳，『是血耶！』

「混蛋！」石康右手摸了摸後腦杓，然後看看手心，

「我流血了！」

蔡駿又溜掉了，石康不斷咒罵著。

我攤開紙條，紙條上寫著：巴松錯中錯。

『巴松錯中錯這句，讓你想到什麼？』我問。

「好痛。」石康回答。

我等石康擦拭好傷口，簡單上點藥，再一起研究巴松錯中錯。

我知道「錯」在藏語是湖的意思，那麼錯中錯呢？湖中湖嗎？

這不合道理啊。

「我知道巴松錯，那是俗稱紅教的寧瑪派聖湖。」石康說，

「但錯中錯我也搞不懂。」

石康果然也不懂，我們又陷入沉思。

「不如明天我們去趟巴松錯吧。」石康說。

『遠嗎？』我問。

「距離拉薩３００多公里，開車的話要六個鐘頭。」

『這……』

原本打算明天離開西藏，但又很想知道巴松錯中錯到底是什麼？

「別執著了。」石康說，「多待一天再走吧。」

『說得對。』我笑了笑。

「我也要去。」蔡駿又出現在樓梯口。

「你還敢來！」

石康像隻猛獸衝了過去，蔡駿閃得也快，兩人的身影迅速消失。

過了一會，石康才回來。

「混蛋，跑得真快。」

石康喘口氣後，說他明天一早會開車到飯店接我。

約好了時間，我便離開瑪吉阿米。

隔天一早，天還沒亮，我們便出發前往巴松錯。

為了節省時間，石康帶了些糌粑、犛牛肉乾和酥油茶在車上，

中餐不打算下車找餐館吃。

旅途很順利，下午一點半左右就到達巴松錯。

我們踏著地上的積雪沿著湖邊走，湖畔原始森林密佈。

我很驚訝巴松錯的湖水可以如此幽深乾淨。

湖水清澈見底，四周山峰倒映其中，像是世外仙境。

如果你夠無聊，原地倒立也能看見相同的景象。

我在一處石堆旁停下腳步。

「那是瑪尼堆。」石康說。

這些石頭上雖然沒有刻寫任何文字和圖像，

但當它們被堆成金字塔形狀後，便開始與眾不同，彷彿充滿靈氣。

「瑪尼堆中的每一顆石頭，都代表一個藏人純淨而虔誠的心。」

石康從地上隨手撿起一顆石頭，先將石頭貼在額頭虔誠默誦祈禱詞，

然後把這顆石頭安放在瑪尼堆上。

「你可以繞著瑪尼堆轉三圈，這會給你帶來安慰。」石康說。

我順時針繞著瑪尼堆轉三圈，轉完後覺得自己就像巴松錯的湖水，

內心清澈而且平靜。

然後我在遠處樹林中隱約看見屋角，像是寺廟的殿簷。

走近一看，發覺是座小島，而且還有浮橋與陸地相連。

夏季水位高時，小島的樣子應該很明顯，或許得搭船才能到島上；

但冬季水位降低，小島幾乎快與陸地相連，浮橋只約20公尺長。

遠遠望去，很容易誤以為這小島是湖邊陸地的一部份。

我和石康二話不說，走上浮橋到了小島。

島上有些奇岩怪樹，還有一棵桃樹和松樹長在一起的「桃抱松」。

走沒多久便豁然開朗，看見一座寺廟。

這是寧瑪派古寺，大門左右兩側各有男、女生殖器半身人形木雕。

這間寺廟很小，主要供奉寧瑪派始祖——蓮花生大師。

這尊蓮花生大師佛像很特殊，造型非常凶惡，像憤怒的鬼怪。

傳說蓮花生大師為了普度眾生，具有八種變相，即蓮師八變。

這尊佛像應該是其中的忿怒金剛像。

寺內昏黃的燈光下，眼前突然矗立此一忿怒金剛，心頭不禁一驚。

這樣也好，如果我有心魔，魔障或許可以被驅除。

走出寺外，舉起相機拍下這座寺廟的外觀。

拍完後，檢視一下圖檔，我竟然又在寺廟上的藍天看到光圈。

先是驚訝，繼而感到一陣熟悉。

我想起來了，考完大學聯考準備填志願的那個午後，

我在窗外天空看到的像光又像影的東西，就是這種光圈。

「扎西德勒。」

我聞聲抬頭，只見一位年約60歲身著紅衣的喇嘛站在我面前。

他頭上還戴著一頂禦寒用的白色毛帽。

『扎西德勒。』我雙手合十。

「你從城市裡來？」喇嘛問。

『嗯。』我點點頭。

「你覺得城市和西藏有何不同？」

『在城市，路是寬廣的，但視野狹窄。』我回答，

『在西藏，路是狹窄的，但視野遼闊。』

「拍出佛寺的美了嗎？」他又問。

『佛寺的美，根本拍不出。』我搖搖頭，

『因為佛寺的美，不在外觀。』

他點點頭，又問：「天堂與地獄的間隔有多遠？」

『只在一念。』雖然納悶他這麼問，但我還是恭敬地回答：

『因為一念天堂；一念地獄。』

他終於露出微笑，說：「歡迎來到千年古剎——錯宗寺。」

這間寺廟叫錯宗寺？

原來巴松錯中錯不是指湖中湖，而是巴松錯湖中的錯宗寺！

瑪吉阿米牆上老照片的光圈。

巴松錯。左邊為湖中之島，隱約露出錯宗寺的殿簷。

錯宗寺。
左下角有男性生殖器半身人形木雕。
右上角的藍天有個光圈曬下方隱約可見有個喇嘛扶著欄杆下階梯。

8. 遇見自己

我由於震驚，半晌說不出話來。

「錯宗寺建於唐代末年，已經有一千多年歷史。」喇嘛說，
「你很驚訝錯宗寺的歷史竟有這麼多年嗎？」
『不，我並非對錯宗寺的歷史感到驚訝。』我回過神，說：
『而是因為巴松錯中錯。』

「巴松錯中錯？」
我沒細想，直接告訴他我收到巴松錯中錯這訊息的源由。
甚至還說了藍天刺白矛、枯柳披金衣的故事，
這讓我體會到這一世當個水利工程師是有特殊意義的。
「你著相了。」喇嘛聽完後，說。

『著相？』我很納悶。
「嗯。」他點點頭，「著相就是魔，離相才是佛。」
『啊？』
「可以讓我看相片嗎？」他問。

我立刻把夾在台胞證那張布達拉宮佛像壁畫的照片遞給他。
『光圈在這，有兩個。』我用手指指著佛像下巴的位置，

『大昭寺活佛說，每個光圈代表一尊佛菩薩。』

「光圈在哪呢？」他說，「我沒看見。」

『明明就在這啊。』我又指了一次。

「還是沒看見。」他說。

我很驚訝，楞在當地不知所措。

「心在菩薩，即成菩薩。心在佛，就成佛。」他微微一笑，
「佛菩薩只在心中，怎麼會在相片裡呢？」

我嘴唇微張，好像明白了什麼，又好像搞混了什麼。

「佛菩薩都是慈悲的，如果佛菩薩與自己有緣，要生歡喜心，而不是
　起執著心與妄想心。佛家講求清淨平等，有分別心就不平等，起了
　執著心或妄想心，便不清淨了。」

『是。』我雙手合十，『我知道了。』

「《心經》上說五蘊皆空，將一切視為空，卻不執著於空。到最後連
　『空』都要放下。」他微微一笑，接著說：
「這也就是《金剛經》上所說：應無所住而生其心。」

我大夢初醒，不禁脫口而出：

『師父，我懂了。』

「藏人的生死觀很豁達，生和死就像屋子裡和屋子外一樣，雖處不同
　空間，卻在同一世界。所謂的生死其實只是由屋內走到屋外，或由
　屋外走進屋內而已，不需要大驚小怪。」

『嗯。』我點點頭，表示理解。

「在輪迴的過程中，或許在某一世、某間佛寺，我們曾經一起誦經、
　一同禮佛，而且你還是引導我的師兄。」他微微一笑，接著說：
「所以，師父也是空。」

喇嘛說完後，點點頭便走了。

「扎西德勒。」他走了幾步，轉過身，意味深長地說：
「師兄，好久不見。」

我突然有些激動，眼眶微微發熱，一句話也說不出來。

他凝視我一會，笑了笑後又轉身離開。

「這喇嘛好怪。」石康走近我身旁。

『嗯？』我回過神。

「他說的佛法好像是顯宗，不像紅教的密宗。」

『什麼是顯宗？什麼又是密宗？』我笑了笑，接著說：

『石兄，你不僅執著，還起了分別心呢。』

石康哈哈大笑，拍了拍我肩膀。

既然謎底已經解開，而且回拉薩還有一大段路，我們便離開巴松錯。

回程的路上，我和石康的心情都很輕鬆，感覺車子也變輕了。

石康放了捲CD，裡頭有首《姑娘‧曲吉卓瑪》。

　　　　姑娘　　曲吉卓瑪
　　　　姑娘　　曲吉卓瑪

你就像蓮花般的純淨

你就像度母般的善良

你為愛來過這個世界

你不曾來到我身旁

天完全黑了，星星在夜空閃亮著，離拉薩還有一個小時的車程。

石康說餓了，車上還剩些糌粑和犛牛肉乾可以將就著吃，便停下車。

「這保溫瓶不錯。」石康笑說，「酥油茶還是熱的。」

245

我們坐在路旁，在燦爛的星空下吃晚餐。

「回台灣後，你就見不著這樣美麗的星空了。」石康說。

『是啊。』我嘆口氣。

「你執著了。」

『是啊。』我哈哈大笑。

晚上十點左右回到拉薩，石康送我回飯店。

「你運氣真好，電才剛來。」櫃台的藏族姑娘笑著說：

「你不用再說唵嘛呢叭咪吽了。」

『那麼今晚不用受凍了。』我笑了笑。

我和這位藏族姑娘簡單聊了幾句，她說她叫卓瑪。

『真巧，我剛剛才聽了一首叫《姑娘・曲吉卓瑪》的歌。』我笑說：

『這首歌的主角是妳嗎？』

「你試試到街上大喊一聲：卓瑪！」她笑得很開心，

「準保很多藏族姑娘會回頭。」

『喔？』

她解釋說，藏語「卓瑪」的意思是「度母」。

藏傳佛教中觀世音菩薩的化身很多，度母是他化身的救苦救難本尊。

度母共二十一個法相，即二十一度母，最常見的是綠度母和白度母。

度母在藏地被百姓普遍敬仰，也是藏人心目中最親近信眾的女菩薩。

「所以藏族姑娘常以『卓瑪』命名。」

『原來如此。』我說，『那麼台灣女孩常以阿花命名。』

「阿花？」

『台灣人常用鮮花供佛，其實這鮮花並不是讓佛菩薩看的，而是提醒
　自己。因為開花結果，花是提醒自己因果的存在，要種善因，才得
　善果。所以台灣女孩常叫阿花。』

「你是認真的？還是說笑？」

『妳執著了。』我說。

「明天離開西藏？」卓瑪問。

『嗯。』我點點頭。

「明天12月31，你回去得搭三班飛機，到台灣時應該是元旦凌晨。」

卓瑪說，「剛好是一個新的開始。」

『是啊。』我笑了笑，『真巧。』

我道了聲晚安，準備回到房間。卓瑪又在背後說：

「這次西藏之行，你會以為自己做了一個夢，而且在夢中找到真我，
　從此得到新生。」

我轉身看見卓瑪的表情，很祥和，像低眉的菩薩。

『你不是姑娘卓瑪。』我雙手合十，『妳是度母卓瑪。』

回到房間，我打了通電話給饒雪漫，說我明天要離開西藏。

饒雪漫說她的旅遊團明天也要離開，她可以順路送我到機場。

我請她幫我處理機位的問題，她說沒問題。

掛上電話，我開始收拾行李。

收拾完後躺在床上，仔細品味這八天在雪域高原所發生的點滴。

隔天早上，拉著行李在飯店大廳候著。

石康先到，帶來兩盒尼木藏香送我。

「這是好東西。」石康笑了。

『你還要到珠穆朗瑪峰，希望金剛結可以保佑你一路平安。』

我把一直掛在身上的哈達給了石康。

車子來了，卓瑪朝我揮揮手，並說：「唵嘛呢叭咪吽。」

『這是六字真言喔。』

「你執著了。」卓瑪笑了。

我也笑了起來，揮揮手跟她說聲再見。

石康堅持上車送我最後一程。

『別執著了。』我說。

「你也別執著不要我送。」石康說。

「你上車的話，要收錢。」饒雪漫告訴石康。

「我頓悟了。」石康笑了笑，拍拍我肩膀，「一路平安，再見。」

車子起動後，饒雪漫坐在我身旁。

「你確定你不用去珠穆朗瑪峰？」她問。

『嗯。』我很肯定，『我要回台灣，不去珠穆朗瑪峰了。』

「為什麼不去？」她似乎很疑惑。

『為什麼要去？』我倒是笑了笑。

「你找到自己了？」她又問。

『算是吧。』我說，『而且我從此不再迷失，所以也不需要尋找。』

「真的嗎？」

『你執著了。』我笑了笑。

「恭喜你。」饒雪漫說，「你確實不用再到珠穆朗瑪峰了。」

『可是我還不知道七喜是誰？』

「別執著了。」她說，「你知道自己是誰就夠了。」

『我可不可以再執著最後一次？』

「嗯？」

『讓七喜再幫我付回台灣的機票錢吧。』

「這不叫執著！」她大聲說：「這叫得寸進尺！」

『說說而已。』我笑了笑。

到了拉薩貢嘎機場，饒雪漫拿出一張紙要遞給我。

我說等等，然後先戴上手套再接過。

我猜的沒錯，果然是藏紙。

字條上面寫著：

> 那一天
> 閉目在經殿的香霧中
> 驀然聽見
> 你誦經的眞言
>
> 那一月
> 我轉動所有的轉經筒
> 不爲超度
> 只爲觸摸你的指尖
>
> 那一年
> 我磕長頭匍匐在山路
> 不爲覲見
> 只爲貼著你的溫暖
>
> 那一世
> 我轉山轉水轉佛塔呀
> 不爲修來世
> 只爲在途中與你相遇

——倉央嘉措

～ The End ～

那一天
閉目在經殿的香霧中
驀然聽見
你誦經的真言

那一月
我轉動所有的轉經筒
不為超度
只為觸摸你的指尖

那一年
我磕長頭匍匐在山路
不為覲見
只為貼著你的溫暖

那一世
我轉山轉水轉佛塔呀
不為修來世
只為在途中與你相遇

——倉央嘉措

寫在《回眸》之後

《回眸》這本書包含三篇中篇小說，分別爲〈回眸〉、〈遺忘〉、
〈遇見自己，在雪域中〉。

〈回眸〉約三萬六千字；〈遺忘〉約兩萬八千字；

〈遇見自己，在雪域中〉約兩萬五千字。

〈回眸〉所描述的高中生活，是我那個時代的事。

現在的高中生應該不太一樣。

未來科技更進步後，高中生也許可以把網路卡藏在頭髮裡，

用手指觸摸額頭以傳送文字訊息。

也許連觸摸額頭都不用，只要在心裡默唸文字，便可直接傳送。

於是人們可能更擅長跟遠距離外的人交談，卻拙於跟身邊的人聊天。

我常被問及小說題材通常從何處取材？

有時我會回答：山中。

因爲取柴當然要在山中。

很冷，抱歉。這是我的壞習慣。

我並沒有固定寫作的習慣，也從未擬過寫作計劃，

可以算是一個不知長進的寫作者。

如果有想寫東西的欲望而且時間又能配合時，才會動筆。

自何處取材的問題對我而言意義不大，若要認真回答這個問題，
我通常會回答：生活周遭。
一這樣回答，人家便以為我的生活光鮮璀璨，彷彿處處充滿驚奇。
但其實我的生活很簡單，某種程度上甚至可說枯燥，一如我的個性。

人們常以為美好的事物應該是在遠距離外或是山中，不會在身邊。
於是才會到山中取柴。
但你的遠距離外是他人的身邊；他人的遠距離外就在你身邊。
對我而言，小說題材不在深山遠處，就在生活當下。

所以，是的。
〈回眸〉所描述的通紙條，是我枯燥高中生活中的插曲。
那篇寫了三次的作文，你可能以為我又在唬爛，
但很抱歉，那是真的。
不僅被推舉的理由一樣，連重寫的理由都一樣。

至於〈回眸〉中的其他情節或是結局，你就別執著於真假，
好好用心過你的生活才是王道。

「遺忘」這名字有些怪，情節和寫法也跟我之前寫的小說不太一樣。
曾經想過把篇名改為「迷迭香」，聽起來比較浪漫。
但我已寫了「槲寄生」和「夜玫瑰」，再來一個「迷迭香」的話，
你可能會認為我有病。
所以最後還是用「遺忘」這個虛無縹緲的篇名。

有一陣子電視裡的韓劇常有主角因車禍而喪失記憶的橋段，
害我一直不敢去韓國旅行，因為覺得韓國的車禍一定很多。
撞車能撞到不傷及五官和肢體而只讓人失去記憶，這是一種境界啊。
〈遺忘〉裡的「海馬迴」觀點，或許學理上並不嚴謹，
但應該達不到韓國車禍的那種境界。

寫小說至今已超過十年，這些年來的經歷，讓我覺得像是一場夢。
就像〈遺忘〉裡所說：
「所謂的夢，其實是記憶。不管是前世，或是今生的過往。
　或許也可以說，所謂的記憶，只不過是一場夢而已。」
至於〈遺忘〉裡描述的人物或情節的真實度，這還是老話一句：
不要太執著。

〈遇見自己，在雪域中〉這篇我可能得解釋一下。
去年年底，我在西藏待了八天左右，那是一段很神奇的經歷。
回台灣後，我因而想寫點東西。
這時剛好收到約稿信，裡頭提到一些人物的設定，比如：
車伕韓寒、客棧老闆石康、女導遊饒雪漫、神秘人蔡駿、
失戀欲自殺女滄月等。
我用了這些人物的設定，反正這與我想表達的東西不會衝突。

韓寒、石康、饒雪漫、蔡駿、滄月、路金波等都是大陸知名的作家，
希望他們的讀者別見怪，我只是遵照人物的設定，沒有不敬的意思。
由於也有一萬五千字的字數限制，所以我先寫了一萬六千字交稿，

篇名也叫〈遇見自己，在雪域中〉。

今年六月與其他作者的作品合出成一本叫《七喜》的書。

然而《回眸》裡的〈遇見自己，在雪域中〉，我又多寫了九千字。

除了加強敘述外，也額外增加了一個章節，讓結局轉了個彎。

此外，我還附上我在西藏時拍攝的照片。

我以為，這樣才能完整表達我要寫的故事。

至於〈遇見自己，在雪域中〉是小說？散文？還是旅遊記事？

請不要執著，也不要起分別心。

當成故事看即可。

老話一句，因為有著「痞子蔡」的名稱，

所以這本書可能會在書架上的青春文學或愛情小說區。

不過〈回眸〉、〈遺忘〉、〈遇見自己，在雪域中〉這三篇中，

愛情成分最大的，應該是〈回眸〉。

當然〈遺忘〉中莉芸的不離不棄，你也可以解讀成愛情。

很多愛情故事在發生時的當下不覺得，過了兩年或三年也不覺得，

但十年後甚至二十年後驀然回首，才會驚覺好像就是。

〈回眸〉大概可以在這種角度中被視為愛情小說。

我說過了，關於我寫的作品都被視為愛情小說；

或我被視為專寫愛情小說的作者，雖然我不太認同，但並不介意。

只是有時會有困擾。

例如探討愛情觀或兩性關係之類的活動邀我參加甚至是主講，

我總是覺得尷尬。

題外話，我們都知道金庸大俠寫了很多經典的武俠小說。

但你曾聽過少林寺方丈寫信給金庸，邀請他到少林寺講解易筋經嗎？

沒有聽過吧。

所以即使我真的是位愛情小說作者而且所寫的愛情小說還不錯，

我也不見得有正確的愛情觀或熟知兩性關係。

我相信別的愛情小說作者也是如此。

扯遠了，抱歉。

總之，這是我的第九本書，請指教。

蔡智恆

2008年10月　於台南

新版後記

《回眸》在 2008 年 11 月初版，至今已超過十年。

這本書包含三篇小說，字數都約三萬字，

分別為〈回眸〉、〈遺忘〉、〈遇見自己，在雪域中〉。

其中〈回眸〉字數多一些，三萬六千字，所以取為書名。

〈回眸〉所描述的高中生活，是我那個時代的事。

現在的高中生應該不一樣，也許會很難理解小說中男女的溝通方式。

甚至會覺得那是笨拙、不乾脆等等。

畢竟在手機與網路特別發達的現在，溝通的速度和方式非常便捷。

但也因此人們更擅長跟遠距離外的人交談，卻拙於跟身邊的人聊天。

〈回眸〉所描述的通紙條，是我枯燥高中生活中的插曲。

那篇寫了三次的作文，不是我在唬爛，而是真實發生過的事。

不僅被推舉的理由一樣，連重寫的理由都一樣。

而我在高一時，也確實跟某個跟我坐在同位置的補校生通紙條。

但升上高二時換了教室後就沒了，以後的日子也沒遇過她。

換言之，我這輩子從沒看見她，只記得她給我的鼓勵。

「佛說前世五百次回眸，才換來今生擦肩而過。」
這是〈回眸〉通篇的主題，但並非矯情，
只是希望你珍惜每一次擦肩而過的緣分。

〈遺忘〉這篇名有些怪，情節和寫法也跟我早期寫的小說不太一樣。
這篇是我虛構的故事，但一開頭在麵攤和麥當勞門口所發生的事，
卻是千真萬確，我至今還搞不懂為什麼會這樣？

21 世紀初期，電視裡的韓劇常有主角因車禍而喪失記憶的橋段，
害我一直不敢去韓國旅行，因為覺得韓國的車禍一定很多。
但撞車能撞到不傷及五官和肢體而只讓人失去記憶，這是一種境界。
〈遺忘〉裡的「海馬迴」觀點，或許學理上並不嚴謹，
但應該達不到韓國車禍的那種境界。

〈遺忘〉裡所說：
「所謂的夢，其實是記憶。不管是前世，或是今生的過往。
　或許也可以說，所謂的記憶，只不過是一場夢而已。」
我個人覺得這段話很有道理，請你參考。

〈遇見自己，在雪域中〉這篇我可能得解釋一下。

2007 年年底，好像是爲了幫助西藏興建小學之類的公益理由，

我受邀在冬天的西藏待了八天，並將這段很神奇的經歷寫成小說。

不過小說中的人物必須符合基本設定，比如：

車伕韓寒、客棧老闆石康、女導遊饒雪漫、神祕人蔡駿、

失戀欲自殺女滄月等。

這些人當時都是大陸知名的作家，希望他們的讀者別見怪，

我只是遵照人物的設定，沒有不敬的意思。

在 2020 年的現在，萬一他們已經不紅了、沒什麼人認識了，

你心裡可能會有問號：這些人是誰啊？

那實在是件很尷尬的事。

幸好痞子蔡還很紅，對吧？

我用了這些人物的設定，反正這與我想表達的東西不會衝突。

此外，我還附上我在西藏時拍攝的照片。

至於〈遇見自己，在雪域中〉是小說？散文？還是旅遊記事？

請不要執著，也不要起分別心。

當成故事看即可。

很多愛情故事在發生的當下不覺得，過了兩年或三年也不覺得，

但十年後甚至二十年後驀然回首，才會驚覺好像就是。

《回眸》大概可以在這種角度中被視爲愛情小說。

只可惜在我心中的定位並非如此。

不久的將來，我可能會寫出一本不再被直接歸類爲愛情小說，

而是符合我心中定位的小說。

如果那時你在某種機緣下看到了，那我和你便再次擦肩而過了。

蔡智恆

2020 年 3 月　於台南

國家圖書館出版品預行編目資料

回眸 / 蔡智恆作. -- 二版. -- 臺北市：麥田, 城邦文化出版：家
庭傳媒城邦分公司發行, 2020.04
面； 公分. -- (痞子蔡作品 ; 9)

ISBN 978-986-344-750-4（平裝）

863.57   109002291

痞子蔡作品集 9

回眸（新版）

作 者	蔡智恆
責 任 編 輯	林秀梅

版 權	吳玲緯
行 銷	巫維珍　蘇莞婷　何維民　黃俊傑
業 務	李再星　陳紫晴　陳美燕　馮逸華
副 總 編 輯	林秀梅
編 輯 總 監	劉麗真
總 經 理	陳逸瑛
發 行 人	涂玉雲

出 版　麥田出版
　　　　城邦文化事業股份有限公司
　　　　104台北市民生東路二段141號5樓
　　　　電話：(886)2-2500-7696　傳真：(886)2500-1967
發 行　英屬蓋曼群島商家庭傳媒股份有限公司城邦分公司
　　　　104台北市民生東路二段141號11樓
　　　　書虫客服服務專線：(886)2-2500-7718、2500-7719
　　　　24小時傳真服務：(886)2-2500-1990、2500-1991
　　　　服務時間：週一至週五09:30-12:00・13:30-17:00
　　　　郵撥帳號：19863813　戶名：書虫股份有限公司
　　　　讀者服務信箱E-mail：service@readingclub.com.tw
　　　　麥田部落格：http://ryefield.pixnet.net/blog
　　　　麥田出版Facebook：https://www.facebook.com/RyeField.Cite/

香港發行所　城邦（香港）出版集團有限公司
　　　　　　香港灣仔駱克道193號東超商業中心1樓
　　　　　　電話：(852) 2508-6231　傳真：(852) 2578-9337

馬新發行所　城邦（馬新）出版集團【Cite(M) Sdn. Bhd.】
　　　　　　41-3, Jalan Radin Anum, Bandar Baru Sri Petaling,
　　　　　　57000 Kuala Lumpur, Malaysia.
　　　　　　電話：(603)9056-3833　傳真：(603)9057-6622
　　　　　　E-mail：services@cite.my

設 計　謝佳穎
印 刷　沐春行銷創意有限公司

初 版 一 刷　2008年11月
二 版 一 刷　2020年04月
定價／300元
ISBN：978-986-344-750-4

城邦讀書花園
www.cite.com.tw